Ullstein Großdruck

Herman Bang

Am Wege

Roman

Ullstein Großdruck

Ullstein Großdruck
Lektorat: Hild Wollenhaupt
ein Ullstein Buch
Nr. 40084
Im Verlag Ullstein GmbH,
Frankfurt/M–Berlin
Titel der Originalausgabe:
Ved Vejen
Deutsch von Emil Jonas

Ungekürzte Ausgabe

Umschlagentwurf:
Theodor Bayer-Eynck
unter Verwendung eines
Aquarells von
Gisela Aulfes-Daeschler

(Aus dem Band ›Exzentrische und
stille Existenzen‹, Dietrich'sche
Verlagsbuchhandlung Leipzig, 1964)
Printed in Germany 1990
Gesamtherstellung:
Clausen & Bosse, Leck

ISBN 3 548 40084 1

März 1990

CIP-Titelaufnahme der
Deutschen Bibliothek

Bang, Herman:
Am Wege: Roman/Herman Bang.
[Dt. von Emil Jonas]. – Ungekürzte Ausg. –
Frankfurt/M; Berlin: Ullstein, 1990
(Ullstein-Buch; Nr. 40084:
Ullstein-Großdruck)
Einheitssacht.: Ved vejen <dt.>
ISBN 3-548-40084-1
NE: GT

I

Der Stationsvorsteher wechselte seinen Rock zur Ankunft des Zuges.

»Verdammt, wie die Zeit läuft!« sagte er und reckte die Arme. Er war ein bißchen über den Rechnungsbüchern eingeschlummert.

Er zündete einen Zigarrenstummel an und ging auf den Perron hinaus. Wenn er so auf und ab ging, in der strammen Uniform, die Hände in beiden Rocktaschen, sah man ihm noch den Leutnant an. Auch an den Beinen, die von der Kavallerie her die Rundung behalten hatten.

Fünf, sechs Bauernburschen waren gekommen und standen mit gespreizten Beinen in einem Haufen mitten vor dem Stationsgebäude; der Gepäckträger schleppte das Gepäck heraus, einen einzigen grüngestrichenen Kasten, der aussah, als sei er am Wegrande verloren.

Die Pfarrerstochter, die Gardemaß hatte, stieß die Perrontür auf und trat auf den Perron.

Der Stationsvorsteher schlug die Hacken zusammen und grüßte.

»Was wollen gnädiges Fräulein denn heute?« fragte er. Wenn der Stationsvorsteher auf dem Perron war, unterhielt er sich in demselben Ton, dessen er sich in alten Zeiten bei der Kavallerie auf den Klubbällen in Næstved bedient hatte.

»Gehen!« sagte die Pfarrerstochter. Sie hatte ganz eigentümlich schlenkernde Bewegungen, wenn sie sprach, gleichsam, als wolle sie demjenigen, mit dem sie sprach, einen Schlag versetzen.

»Übrigens kommt Fräulein Abel nach Hause.«

»Schon? – Aus der Stadt?«

»Ja-a.«

»Und noch immer glitzert hier nichts?« Der Stationsvorsteher spielte mit den Fingern der rechten Hand in der Luft, und die Pfarrerstochter lachte.

»Da haben wir die Familie!« sagte sie. »Ich hab mich bedankt und bin ihnen ausgerissen ...«

Der Stationsvorsteher begrüßte die Familie Abel, die Witwe und ihre Älteste, Louise. Sie waren von Fräulein Jensen begleitet. Die Witwe sah resigniert aus.

»Ja«, sagte sie, »ich will meine Jüngste, die Ida, abholen.«

Frau Abel holte abwechselnd Louise und ihre Jüngste, die Ida ab, Louise im Frühjahr und Ida, die Jüngste, im Herbst.

Sie verbrachten jedesmal sechs Wochen bei einer Tante in Kopenhagen. »Meine Schwester, die Staatsrätin«, sagte Frau Abel. Die Staatsrätin wohnte im vierten Stock und lebte davon, Störche, die auf einem Bein standen, auf Terrakottagegenstände zu malen. Frau Abel sandte ihre Töchter stets mit allen möglichen guten Wünschen fort.

Sie hatte sie jetzt seit zehn Jahren fortgeschickt.

»Was haben wir diesmal von meiner Jüngsten, der Ida, für Briefe bekommen!«

»Ja, diese Briefe!« sagte Fräulein Jensen.

»Aber es ist doch besser, seine Küken daheim zu haben«, sagte Frau Abel und sah Louise, die Älteste, zärtlich an. Frau Abel mußte sich bei diesem Gedanken die Augen trocknen.

Die Monate, die sie zu Hause waren, verbrachten die Küken der Witwe damit, sich zu zanken und neuen Besatz auf alte Kleider zu nähen. Mit der Mutter sprachen sie nie.

»Wie sollte man es in diesem abgelegenen Winkel aushalten, wenn man das Familienleben nicht hätte«, sagte Frau Abel.

Fräulein Jensen nickte. Von der Wegbiegung her erscholl Hundegebell, und ein Wagen fuhr vor.

»Das sind Kiærs«, sagte die Pfarrerstochter. »Was wollen die?« Sie ging über den Perron zur Tür.

»Ja«, Gutsbesitzer Kiær stieg aus dem Wagen, »sagen Sie bloß mal, legt Madsen sich nicht gerade in der schlimmsten Zeit hin und bekommt Typhus, daß man telegrafisch einen Stellvertreter besorgen muß – und der Kuckuck mag wissen, was für einen Halunken man bekommt... Er kommt jetzt.«

Gutsbesitzer Kiær trat auf den Perron.

»Die landwirtschaftliche Akademie hat er besucht – wenn *das* nützen könnte – und sogar mit den besten Zeugnissen ... Na – guten Morgen, Bai!« Der Stationsvorsteher bekam einen Händedruck. »Habt ihr Gesellschaft gehabt? Und die Frau ...?«

»Oh – danke ... Also, Sie holen heute den Verwalter ...!«

»Ja, abscheuliche Geschichte – und gerade in der schlimmsten Zeit ...«

»Na, ein neuer Mann in der Gegend«, sagt die Pfarrerstochter und schlenkert mit den Armen, als wollte sie ihm schon im voraus eine runterhauen. »Den kleinen Stations-Bentzen mitgerechnet, sind es also sechs und ein halber ...«

Die Witwe ist in fieberhafter Erregung. Sie hatte es zu Hause gesagt, Louise, die Älteste, solle nicht mit den Zeugstiefeln ausgehen.

Die Schönheit von Louise, der Ältesten, sind die Füße – schmale, aristokratische Füße ...

Und sie hatte es gesagt ...

Fräulein Louise war drinnen im Wartesaal und zupfte ihren Schleier zurecht. Die Fräulein Abel machten in ausgeschnittenen Kleidern mit Rüschen, Jettperlen und Schleiern.

Bai ging zur Küche, um seiner Frau den Verwalter zu melden ... Die Pfarrerstochter saß auf dem grüngestrichenen Koffer und baumelte mit den Beinen. Sie zog die Uhr heraus und sah nach.

»Mein Gott, macht der Mensch sich rar«, sagte sie.

Fräulein Jensen meinte: »Ja – der Zug scheint sich sehr verspätet zu haben.« Fräulein Jensen sprach unbeschreiblich korrekt, namentlich, wenn sie mit der Pfarrerstochter sprach. Sie mochte die Pfarrerstochter nicht.

»In dem Ton spreche ich mit meinen Elevern nicht«, sagte sie zu der Witwe. Fräulein Jensen war bei Fremdwörtern nicht gerade sicher.

»Ach ja – da ist ja die schöne Frau!« Die Pfarrerstochter sprang von der Kiste und stürzte über den Perron auf Frau Bai zu, die auf die Steintreppe herausgetreten war. Wenn die Pfarrerstochter jemanden herzlich begrüßte, sah es aus wie ein gewaltsamer Überfall.

Frau Bai lächelte still und ließ sich küssen.

»Herr Gott!« rief die Pfarrerstochter, »wir bekommen unerwartet einen neuen Hahn auf den Hof. Da ist er.«

Man hörte den Lärm des Zuges in der Ferne und das laute Klappern, als er über die Flußbrücke fuhr. Langsam kam er keuchend und stöhnend über die Wiese. Die Pfarrerstochter und Frau Bai blieben auf der Treppe stehen. Das Fräulein hatte Frau Bai um die Taille gefaßt.

»Da ist Ida Abel«, rief die Pfarrerstochter. »Ich kenne sie am Schleier.« Ein bordeauxroter Schleier wehte aus einem Fenster des Zuges.

Der Zug hielt, und die Türen wurden auf- und zugeschlagen. Frau Abel schrie ihr »Guten Tag!« so laut, daß die Insassen aller Nachbarkupees an die Fenster kamen.

Ida, die Jüngste, kniff ärgerlich den Arm der Mutter – sie stand noch auf dem Trittbrett des Wagens. »Es ist ein Herr im Zuge – nach hier – wer ist er?« Das ging wie geschmiert.

Ida, die Jüngste, war heruntergestiegen. Da stand der Herr – ein blondbärtiger, sehr ruhiger Herr, der Hutschachtel und Reisetasche aus einem Rauchkupee nahm.

»Und Tante – Tante Mi!« schrie die Witwe.

»Halt den Mund!« sagte Ida, die Jüngste, leise, aber wütend. »Wo ist Louise?«

Louise sprang auf der Steintreppe vor Frau Bai und der Pfarrerstochter so kindlich umher, als stecke ihre »Schönheit« in Knopfstiefeln.

Unten an der Treppe stellte sich der Verwalter Herrn Kiær vor.

»Ja – eine verteufelte Geschichte – da legt er sich in der schlimmsten Zeit... Na, wir wollen das Beste hoffen...« Herr Kiær schlug den neuen Verwalter auf die Schulter.

»Ach, du lieber Gott!« sagte die Pfarrerstochter. »Ein ganz gewöhnliches Haustier.«

Der Grüngestrichene war verladen, und die Eimer der Molkereigenossenschaft waren aus dem Gepäckwagen herausgeholt. Der Zug begann sich in

Bewegung zu setzen, als ein Bauer aus dem Fenster schrie, er habe kein Billett.

Der Zugführer, ein schlanker Jüngling, stramm wie ein Husar, in den eleganten Unaussprechlichen, reichte Bai zwei Finger und sprang auf das Trittbrett.

Der Bauer schrie weiter und zankte sich mit dem Kondukteur, der auf dem Laufbrett stand.

Und alle Gesichter auf dem Perron schauten einen Augenblick dem Zuge nach, der davonrollte...

»Hm, das war das«, sagte die Pfarrerstochter und trat mit Frau Bai ins Haus.

»Mein Verwalter, Herr Huus«, sagte Herr Kiær zu Bai, der vorüberging. Alle drei blieben eine Weile stehen.

Louise, die Älteste, und Ida, die Jüngste, fanden einander endlich und begannen mitten in der Tür sich wie wild zu küssen.

»Ach Gott«, sagte die Witwe, »sie haben sich ja seit sechs Wochen nicht gesehen.«

»Sie haben ein Glück, Herr Huus«, sagte Bai im Klubballton: »Sie treffen gleich die Damen der Gegend... Meine Damen, darf ich Sie bekannt machen?«

Die Fräulein Abel hörten wie auf Kommando mit dem Küssen auf.

»Fräuleins Abel«, sagte Herr Bai. »Herr Huus!«

»Ja, ich habe meine Jüngste abgeholt – aus Kopenhagen«, sagte die Witwe unmotiviert.

»*Frau* Abel«, sagte Herr Bai.

Herr Huus verbeugte sich.

»Fräulein Linde« – das war die Pfarrerstochter – »Herr Huus.«

Das Fräulein nickte.

»Und meine Frau«, sagte Herr Bai.

Herr Huus sprach einige Worte, und dann gingen alle hinein, um sich nach dem Gepäck umzusehen.

Gutsbesitzer Kiær rollte mit seinem Verwalter davon. Die andern gingen. Als sie auf den Weg hinausgekommen waren, hatten sie Fräulein Jensen vergessen. Sie stand noch auf dem Perron und träumte, an einen Signalmast gelehnt.

»Fräulein Jensen!« rief die Pfarrerstochter vom Wege her. Fräulein Jensen fuhr auf. Fräulein Jensen wurde immer schwermütig, wenn sie eine Eisenbahn sah; sie konnte nicht vertragen, »etwas davonziehen zu sehen«.

»Wirklich ein netter Mensch«, sagte Frau Abel, während sie auf dem Wege weiterschritten.

»Ein ganz gewöhnlicher Verwalter«, sagte die Pfarrerstochter, die mit Frau Bai Arm in Arm ging. »Hübsche Hände hat er.«

Die beiden Küken gingen hinterher und zankten sich.

»Holla! Fräulein Jensen, haben Sie's aber eilig!« rief die Pfarrerstochter. Fräulein Jensen sprang wie eine Ziege weit voran zwischen den Pfützen des Weges umher. Sie zeigte wegen der herbstlichen Nässe ihre jungfräulichen Beine.

Sie schritten an einem kleinen Stück Wald entlang; an der Wegbiegung verabschiedete sich Frau Bai.

»Oh, wie klein und zierlich die schöne Frau in dem großen Schal aussieht«, sagte die Pfarrerstochter und warf sich Frau Bai einige Male um den Hals.

»Adieu...«

»A-dieu...«

»Der geht der Atem nicht aus vom Sprechen!« sagte Ida, die Jüngste.

Die Pfarrerstochter pfiff.

»Ach – da ist der Kaplan!« sagte Frau Abel. »Guten Abend, Herr Pastor... Guten Abend!«

Der Kaplan lüftete den Hut. Er müsse doch die Heimkehrenden begrüßen, sagte er.

»Nun, gnädiges Fräulein – und Ihr Befinden?«

»Danke«, sagte Fräulein Abel.

»Sie haben einen Konkurrenten bekommen, Herr Pastor«, sagte Frau Abel.

»So? Wo?«

»Herr Kiær hat seinen neuen Verwalter abgeholt – wirklich ein charmanter Mensch, nicht wahr, Fräulein Linde?«

»O ja.«

»Prima, Fräulein Linde?«

»FF«, sagte die Pfarrerstochter.

Die Pfarrerstochter und der Kaplan sprachen stets in diesem Jargon, wenn sie mit Fremden zusammen waren, und sagten nie ein vernünftiges Wort. Sie lachten über ihre eigenen Dummheiten, daß sie beinahe platzten.

Die Pfarrerstochter ging nie mehr in die Kirche, wenn der Kaplan predigte, seit sie ihn an einem Sonntag während des Vaterunsers auf der Kanzel fast zum Lachen gebracht hatte.

»Fräulein Jensen rennt, als säßen ihr Raketen an einer gewissen Stelle«, sagte der Kaplan.

Fräulein Jensen war noch immer voran.

»Aber, Andersen!« – Fräulein Linde lachte laut auf –, »jetzt sind Sie holbergsch.«

Sie kamen an den Pfarrhof, den ersten Hof im Dorfe, und die Pfarrerstochter und der Kaplan verabschiedeten sich an der Gartenpforte.

»Adieu, Fräulein Jensen«, rief Fräulein Linde den Weg entlang. Ein Piepsen antwortete ihr.

»Wie war er?« fragte der Kaplan drinnen im Garten. Sein Ton war hier ein ganz anderer.

»Mein Gott«, sagte Fräulein Linde, »ein ganz netter Landmann.«

Schweigend gingen sie nebeneinander durch den Garten.

»Hm!« sagte Fräulein Ida – die Familie Abel hatte jetzt Fräulein Jensen erreicht, die auf einer trockenen Stelle stand und auf sie wartete –, »das soll einer glauben, daß er gekommen war, um mir guten Tag zu sagen.«

Sie gingen wieder eine Strecke, dann sagte Fräulein Jensen: »Es gibt so viele Arten Menschen.«

»Ja ...«, sagte Frau Abel.

»Ich lege keinen Wert darauf, mit der Familie Linde zusammenzutreffen«, sagte Fräulein Jensen, »ich gehe ihr am liebsten aus dem Wege.«

Fräulein Jensen ging seit acht Tagen »aus dem Wege«, seit der Pastor *das* gesagt hatte ...

»Frau Abel –«, sagte Fräulein Jensen, »was vermag eine alleinstehende Frau? Ich habe es dem Pastor gesagt: ›Herr Pastor‹, sagte ich, ›Sie *interessieren* sich für die Freischule ..., deshalb schicken die Eltern ihre Kinder in die Freischule.‹

Und was antwortete er mir, Frau Abel?

Ich spreche nicht mehr mit Pastor Linde über die Legatangelegenheit ... Der Gemeinderat hat meinem Institut (Fräulein Jensen sagte Institot) die Hälfte der Unterstützung entzogen. Ich werde weiter meine Pflicht tun – selbst wenn sie mir die letzte Hälfte auch noch nehmen. Ich spreche nicht mehr mit Pastor Linde über die Legatangelegenheit –«

Die drei Damen waren in den kleinen Weg eingebogen, der zu dem »Gehöft« führte, einem alten weißen Gebäude mit zwei Seitenflügeln.

Die Witwe Abel wohnte im Flügel rechts, Fräulein Jensens Institut befand sich links.

»Daß man sie nun beide wieder hat«, sagte die Witwe. Sie verabschiedeten sich auf dem Hofe.

»Meine Güte!« sagte Ida, die Jüngste, als sie ins Haus getreten waren, »wie saht ihr auf dem Bahnhof aus – man muß sich ja schämen.«

»Ich möchte wissen, wie man aussehen soll«, sagte Louise, die Älteste, die vor dem Spiegel den Schleier abband, »wenn *du* die Kleider mitgenommen hast.«

Die Witwe zog Latschen an. Es waren keine Sohlen unter ihren Stiefeln.

Fräulein Jensen hatte endlich den Schlüssel aus ihrer Tasche herausbekommen und aufgeschlossen. Drinnen im Zimmer bellte ihr Mops ihr ein paarmal mürrisch entgegen, blieb aber ruhig in seinem Korb liegen.

Fräulein Jensen legte Hut und Mantel ab und setzte sich in eine Ecke, um zu weinen. Sie weinte immer, wenn sie allein war, seit Pastor Linde *das* gesagt hatte.

»Sie interessieren sich für die Freischule, Herr Pastor«, hatte sie gesagt, »deshalb schicken die Eltern ihre Kinder dahin.«

»Ich will Ihnen sagen, Fräulein Jensen, weshalb die Eltern ihre Kinder in die Freischule schicken: weil Fräulein Sørensen ihre Sache versteht.« Das hatte der Pastor geantwortet.

Fräulein Jensen hatte diese »Worte« nur der Frau des Gastwirts anvertraut.

»Und was vermag eine alleinstehende Frau, Madam Madsen?« hatte sie hinzugefügt, »die einzige Waffe des Weibes sind Tränen . . .«

Fräulein Jensen saß in ihrer Ecke und weinte. Es fing an dunkel zu werden, und schließlich stand sie auf und ging in die Küche hinaus.

Sie zündete einen kleinen Petroleumkocher an und setzte Wasser zum Tee auf. Dann legte sie ein Tischtuch über eine Ecke des Küchentisches und setzte Brot und Butter neben den einzigen Teller.

Aber während sie dies tat, verfiel sie immer wieder in Grübeleien und dachte aufs neue an die Worte des Pastors.

Der Mops war ihr gefolgt und hatte sich vor seinen leeren Napf auf ein Kissen gelegt.

Fräulein Jensen nahm den Napf und füllte ihn mit Weißbrot, das in warmem Wasser aufgeweicht war.

Der Mops bekam den Teller und machte sich daran, das Futter zu verzehren, fast ohne sich zu rühren.

Fräulein Jensen hatte ein einsames Licht angezündet. Sie trank ihren Tee und aß ein Stück Schwarzbrot mit Butter dazu – sie schnitt es mit dem Messer in zierliche, kleine Würfel.

Als sie den Tee getrunken hatte, ging Fräulein Jensen zu Bett. Sie nahm den Mops auf den Arm und legte ihn am Fußende auf das Federbett. Dann nahm sie das Schulprotokoll und legte es auf den Tisch vor dem Bett.

Sie verschloß die Tür und leuchtete mit dem Licht in alle Ecken und unter das Bett.

Dann entkleidete sie sich, kämmte ihre Zöpfe und hängte sie an den Spiegel.

Der Mops schlief bereits und schnarchte auf dem Federbett.

Fräulein Jensen schlief nicht gut, seit Pastor Linde jene Worte gesagt hatte.

Frau Bai ging auf dem Wege zur Station zurück. Sie öffnete die Pforte und trat auf den Perron. Dieser war ganz leer und so still, daß man die beiden Telegrafendrähte summen hörte.

Frau Bai setzte sich auf die Bank vor der Tür, die Hände im Schoß, und blickte über die Felder hin. Frau Bai blieb gerne so sitzen, wo sie einen Stuhl oder eine Bank oder eine Treppenstufe fand.

Sie blickte über die Felder hin, über die großen Flächen Acker und die Wiesen dahinter. Der Himmel war hoch und lichtblau. Da war kein Ruhepunkt für das Auge außer der Filialkirche, und diese sah man mit ihrem gezackten Turm am äußersten Rande der flachen Felder.

Frau Bai fröstelte und erhob sich. Sie ging zum Gartenzaun und blickte hinüber, öffnete die Pforte und trat ein. Der Garten war ein dreieckiger Streif längs der Bahn, vorn befand sich der Küchengarten, und in der hintersten Spitze war ein Rasenplatz mit einigen hochstämmigen Rosen vor der Laube unter dem Holunder. Sie besah die Rosen, sie fand noch ein paar Knospen. Sie hatten diesen Sommer wirklich treulich geblüht.

Aber nun mußten sie bald zugedeckt werden...

Wie die Blätter schon fielen. Aber hier war ja auch gar kein Schutz...

Frau Bai verließ den Garten wieder und ging am Perron entlang in den kleinen Hof hinter dem Bretterzaun. Sie rief das Mädchen, sie wollte den Tauben Futter geben.

Sie bekam das Korn in einer irdenen Schale und begann die Tauben zu locken und die Körner auf die Steine zu streuen.

Sie mochte Tauben so gern, von Kind an.

In dem großen Hause daheim im Provinzstädtchen waren Unmengen gewesen... Wie waren sie um den Taubenschlag über der Werkstattür umhergeschwärmt...

Es war, als höre man ein Girren und Gurren, wenn man nur an das Haus daheim dachte.

An das *alte* Haus – denn später, als der Vater starb, verkauften sie die Werkstatt und alles und zogen um.

Die Tauben flatterten zu Frau Bai herab und pickten die Körner auf.

»Marie«, sagte Frau Bai, »sieh nur, wie bös die Gefleckte ist.«

Marie erschien in der Küchentür und sprach über die Tauben. Frau Bai leerte die Futterschale. »Ein paar müssen zu Bais L'hombre-Abend geschlachtet werden«, sagte sie.

Sie ging die Treppe hinauf. »Wie früh es jetzt dunkel wird«, sagte sie, als sie hineinging.

Im Zimmer war es dämmerig und warm, wenn man von draußen kam. Frau Bai setzte sich ans Klavier und spielte.

Sie spielte nie außer in der Dämmerung und stets dieselben drei, vier Melodien, sentimentale kleine Lieder, die sie schleppend und langsam spielte, alle mit demselben Vortrag, so daß sie alle einander glichen.

Wenn sie in der dunklen Stube saß und spielte, dachte Frau Bai fast stets an ihr Elternhaus. Sie waren viele Geschwister gewesen und hatten daheim stets viel Abwechslung gehabt.

Sie war die jüngste von allen. Als der Vater noch lebte, war sie noch so klein, daß sie bei Tische kaum an den Teller reichen konnte.

Der Vater saß auf dem Sofa in Hemdsärmeln, und um den Tisch herum standen alle Kinder und langten nach dem Essen.

»Gerade stehen, Kinder«, sagte der Vater. Er saß mit seinem breiten Rücken vornübergebeugt da, die Arme weit über den Tisch gelegt.

Die Mutter ging hin und her, holte und brachte das Essen.

Draußen in der Küche aßen alle Lehrjungen aus der Werkstatt an dem langen Tisch.

Sie kicherten und zankten sich, daß man es durch die Tür hören konnte, und plötzlich gerieten sie aneinander, daß man glauben konnte, das Haus stürze zusammen. »Was macht ihr für einen Spektakel?« rief der Vater und schlug drinnen in der Stube auf den Tisch.

Draußen in der Küche wurde es ganz still – nur ein

leises Tappen eines einzelnen, der nach dem Gefecht etwas unter dem Tisch suchte.

»Kreuzdonnerwetter!« rief der Vater.

Nach dem Mittag schlief er eine Stunde auf dem Sofa. Er erwachte auf den Glockenschlag. »Jetzt hat man wohl ausreichend über das Wohl des Staates nachgedacht«, sagte er und trank seinen Kaffee, ehe er zur Werkstatt ging.

Als der Vater starb, wurde es freilich ganz anders. Katinka kam in ein Institut mit den Töchtern von Konsul Lasson und Bürgermeister Fanny.

Und sie wurde auch zu Konsuls eingeladen...

Die anderen Geschwister kamen alle fort, sie blieb allein bei der Mutter.

Diese Jahre waren Katinkas beste Zeit dort in der kleinen Stadt, wo sie alle kannte und alle sie kannten. Des Nachmittags saßen die Mutter und sie im Wohnzimmer, jede an ihrem Fenster auf dem Fenstertritt – die Mutter hatte das Fenster mit dem »Spion« –, Katinka stickte »weiß« oder las.

Die Sonne fiel in hellen Streifen durch die Blumen am Fenster über den weißen Fußboden...

Katinka las aus der Leihbibliothek viele Romane von vornehmen Leuten und auch Gedichte, die sie in ein Buch abschrieb.

»Tinka«, sagte die Mutter, »da kommt Ida Levy. Sieh nur, sie hat den gelben Hut auf!«

Katinka sah auf. »Sie geht zur Klavierstunde«, sagte sie.

Ida Levy ging vorüber. Da wurde geguckt und genickt und mit den Fingern gefragt, ob sie zum »Halbzehnuhrzug« kämen.

»Es ist doch gräßlich, wie Ida Levy ihre Hacken schieftritt«, sagte Tinka, die ihr nachsah.

»Das hat sie von ihrer Mutter.«

Einer nach dem andern geht vorüber, der Gutsverwalter und die beiden Leutnants, der Gerichtsschreiber und der Doktor. Sie grüßen, und von oben nickt man ihnen zu und macht eine Bemerkung über jeden.

Sie wissen, wohin jeder geht und was er da will.

Sie kennen jedes Kleid und jede Blume auf einem Hut. Und sie machen jeden Tag dieselben Bemerkungen über dieselben Dinge.

Minna Helms geht vorüber und nickt.

»Hast du Minna Helms gesehen?« fragt die Mutter.

»Ja.« Und Katinka sieht ihr nach und schneidet Grimassen in der Sonne.

»Sie hat auch bald einen neuen Mantel verdient«, sagt sie.

»Die Ärmste – wo soll sie den herbekommen?« Die Mutter sieht in den Spion ... »Ja – miserabel sieht er aus«, sagt sie. »Ich glaube auch, sie könnten ihn neu umsäumen. Aber es ist wohl so, wie Frau Noes sagt – Frau Helms hat nur wenig, aber sie tut auch wenig.«

»Wenn doch der Gerichtsschreiber Ernst machen wollte«, sagte Tinka.

Die Uhr wurde fünf, und die jungen Mädchen holten einander zu einem Spaziergang ab, und zu zweien gingen sie die Straße auf und nieder und begegneten sich und blieben in Gruppen stehen und lachten und schwatzten und trennten sich wieder...

Aber des Abends nach dem Tee, zum Halbzehnuhrzug, waren die Mütter mit, und es ging stiller zu auf dem Wege nach dem Bahnhof.

»Katinka«, rief die Mutter, die mit Frau Levy voranging, und drehte sich um, »Herr Bai... Er hat also heute abend keinen Dienst...«

Herr Bai ging vorüber und grüßte. Und Katinka nickte und wurde rot, denn die Freundinnen neckten sie stets mit Herrn Bai...

»Dann will er wohl hin und Kegel spielen«, sagte Frau Levy.

Des Sonntags gingen sie in die Kirche zum Hauptgottesdienst. Alle waren festlich gekleidet, und sie sangen, daß es von den Gewölben widerhallte, während die Sonne durch die großen Chorfenster schien.

In der Kirche neben Thora Berg zu sitzen war wirklich eine Qual.

Sie trieb die ganze Zeit, solange der Prediger auf der Kanzel war, Allotria, bald kniff sie einen, bald spottete sie über den alten Prediger...

Ja, Thora Berg war bei allen Torheiten die Anführerin.

Abends flog ein Regen von Sand und kleinen Steinen gegen Tinkas Fenster...

Und sie hörten ein Lärmen und Lachen die ganze Straße entlang.

»Das ist Thora, die aus der Gesellschaft kommt«, sagte Tinka. »Sie sind bei Bürgermeisters gewesen.«

Thora eilte die Straße entlang nach Hause, wie die wilde Jagd, alle jungen Herren hinter ihr her. Die ganze Stadt konnte es hören, wenn Thora Berg aus einer Gesellschaft heimkehrte.

Katinka war Thora Berg die liebste. Sie bewunderte sie und ließ die Augen nicht von ihr, wenn sie zusammen waren. Zwanzigmal täglich sagte sie daheim: »Das hat Thora gesagt...«

Eigentlichen Verkehr hatten sie nicht miteinander, aber nachmittags, wenn sie spazierengingen, oder draußen im Pavillon, wo die Abonnementskonzerte der Militärkapelle an jedem zweiten Mittwoch stattfanden – da sprachen sie miteinander. Tinka bekam immer einen ganz roten Kopf, wenn sie sich begegneten...

Im Pavillon hatte sie auch die erste Bekanntschaft mit Bai gemacht... Er hatte gleich am ersten Abend am meisten mit ihr getanzt.

Und wenn sie Schlittschuh liefen, forderte er sie immer zum Laufen auf. Es war, als flögen sie, fast, als trüge er sie... Er kam auch zu ihnen ins Haus.

Alle Freundinnen neckten sie, und auf Gesellschaften beim Zettelschreiben und beim Personenraten bekam sie immer Bai, und dann entstand immer ein allgemeines Gekicher.

Und daheim sprach die Mutter unablässig von ihm.

Dann kam die Brautzeit, und sie hatte immer jemanden, mit dem sie gehen konnte, am Sonntag zur Kirche und im Winter, wenn Schauspieler da waren, ins Theater, und immer... Und als Bai eine Anstellung erhielt, kam die eilige Zeit mit der Aussteuer und der Einrichtung und all dem... Die Freundinnen halfen ihr beim Namensticken und beim Nähen.

Es war Sommer, und sie saßen alle oben in der Laube. Die Nähmaschine rasselte. Eine kniffte die Säume, eine andere befestigte Enden.

Und die Freundinnen neckten sie und lachten, und plötzlich sprangen sie auf, liefen in den Garten hinaus und rannten unter Lärm und Lachen, wild wie eine Herde Füllen, um den Rasenplatz.

Tinka war die Stillste unter ihnen.

Das war ein Geflüster unter den Freundinnen in allen Ecken, und es fanden Zusammenkünfte bei Levys statt, wo sie den Teppich stickten, auf dem Tinka als Braut vor dem Altar stehen sollte – und Singübungen für Gesänge, die im Chor gesungen werden sollten.

Dann kam der Tag und die Trauung in der geschmückten Kirche – sie war ganz voll von Menschen, Gesicht an Gesicht. Oben bei der Orgel standen alle die jungen Mädchen. Tinka nickte hinauf, dankte und weinte von neuem. Sie hatte die ganze Zeit geweint wie eine Wasserleitung.

Und dann kamen sie hierher in die Stille.

Im Anfang ihrer Ehe war Tinka stets schreckhaft und ängstlich, als ob jemand sie überfallen wolle.

Da war so vieles, was sie sich nicht gedacht hatte, und Bai war so gewaltsam in vielem, wobei sie selber fast nur litt und duldete, eingeschüchtert und unsicher, wie sie war...

Sie war ganz fremd hier und kannte niemanden.

Später kam eine Zeit, wo sie empfänglicher wurde – doch meistens nur lässig in sich versunken, wie es in ihrer Natur lag.

Sie saß drinnen bei ihrem Mann im Büro mit ihrer Häkelei, und sie sah ihn an, wie er über seinen Tisch gebeugt dasaß – das Haar, das sich leicht lockte, fiel ihr ein wenig in die Stirn.

Sie erhob sich und ging zu ihm hin, schlang den Arm um seinen Hals und wäre am liebsten so bei ihm stehengeblieben und hätte still und lange so bei ihm sein mögen.

»Mein Kind, ich schreibe ja«, sagte Bai.

Sie beugte den Nacken an seinen Mund, und er küßte ihn.

»Darf ich jetzt schreiben?« sagte er und küßte sie noch einmal.

»Du Schreibpeter!« sagte sie und entfernte sich.

Das Jahr verging. Katinka glitt mit den Zügen, die kamen und gingen, ins Leben hinein und unter die Leute der Umgegend, die reisten und wieder heimkehrten, Neues brachten und nach Neuem fragten.

Sie kamen in Verkehr mit Leuten, die in der Gegend wohnten, vor allem durch Bais L'hombre-Partien, zu denen die Frauen jedes zweite Mal mitkamen.

Und dann hatte sie den Hund, die Tauben und den Garten. Und im übrigen gehörte Frau Bai nicht zu den beweglichen Naturen. Sie bekam nie so viel zustande, daß ihr die Zeit lang wurde. Sie brauchte lange zu allem, und Bai nannte sie: »Kommemorgen«.

Kinder bekamen sie nicht.

Als Katinkas Mutter starb, erhielten sie die Erbschaft ausgezahlt. Für zwei einzelne Menschen hatten sie vollauf genug und lebten im Wohlstand.

Bai liebte es, gut zu essen, und bezog aus Aalborg vielen und guten Wein. Er setzte etwas an und wurde recht bequem, während sein Assistent die meiste Arbeit machte. Den »Leutnant« steckte er nur außerhalb seiner vier Pfähle heraus.

Oben im Dorfe hatte er ein Kind.

»Zum Teufel auch!« sagte er zu Kiær, der Junggeselle war, »man ist ja doch ein alter Kavallerist... Und das Mädel war verliebt wie ein Spatz...«

Das Mädchen ging nach der Katastrophe in die Stadt, das Kind wurde im Dorf in Pflege gegeben.

So verging die Zeit.

Katinka las nicht mehr wie früher, als sie ein junges Mädchen war. In den Büchern standen doch nur lauter Lügen.

In ihrem Sekretär hatte Frau Bai eine große Pappschachtel mit vielen vertrockneten Blumen, kleinen Bändern und Seidenpapiergegenständen mit Devisen von Goldpapierbuchstaben. Es waren ihre alten Kotillonerinnerungen vom Klub her und von dem letzten Abonnementskonzert im Pavillon, wo getanzt wurde.

Diese Sachen nahm sie während der Winterabende oft hervor und ordnete sie wieder und wieder und suchte sich zu erinnern, wer ihr diesen oder jenen Gegenstand gegeben hatte.

Sie fand es richtig heraus und schrieb den Namen des Herrn hinten auf jeden Kotillonorden.

Bai saß am Tisch und trank seinen Grog.

»Der alte Trödel!« sagte er.

»Laß es liegen, Bai«, sagte sie, »bis ich es geordnet habe.« Und sie schrieb ihre Herrennamen weiter.

Sie las auch mitunter in ihrem alten Poesiebuch die Verse, die sie einst abgeschrieben hatte.

In der obersten Schublade und dem Silberschrank im Sekretär lagen ihr Brautschleier und der verwelkte Myrtenkranz.

Auch diesen nahm sie hervor, glättete ihn und legte ihn dann wieder zusammen...

Und sie saß halbe Stunden vor der aufgezogenen Schublade und tat nichts, wie es ihre Gewohnheit war.

Mitunter glättete sie nur den Schleier mit den Händen...

Der Brautschleier begann ganz gelb zu werden.

Aber die Zeit verging auch. Es waren bereits zehn Jahre verflossen...

Ja – sie war bald eine alte Frau. Sie war zweiunddreißig Jahre alt geworden...

Bais waren in der ganzen Gegend beliebt und als gute und gastfreie Leute bekannt, bei denen der Kaffeekessel sogleich aufs Feuer gestellt wurde, wenn ein Bekannter sich auf der Station einfand.

Bai war ein guter Gesellschafter, und auf dem Bahnhof befand sich alles in größter Ordnung, wenn er auch selbst gerade nicht sehr eifrig im Dienst war.

Die Frau war ziemlich still, aber es tat einem stets wohl, ihr mildes Gesicht zu sehen. Sie sah aus wie ein junges Mädchen, wenn sie an den großen L'hombre-Abenden zwischen den anderen Frauen saß.

»Aber da müßten ein paar Kinder sein«, sagte Frau Linde, wenn sie mit ihrem Mann des Abends von Bais nach Hause trabte... »Diese wohlhabenden Leute – die sie ernähren könnten. Es ist eine Sünde und eine Schande, daß sie dort so einsam sitzen müssen...«

»Der liebe Gott gibt Leben nach seinem Willen, mein Kind«, sagte der Pfarrer.

»Ja, Gottes Wille geschehe!« sagte die Frau.

Pastors hatten zehn Kinder gehabt. Sieben hatte der Herr als kleine Kinder zu sich genommen.

Der alte Pastor dachte an diese sieben jedesmal, wenn ein Kind in der Gemeinde begraben wurde.

Frau Bai hatte aufgehört zu spielen. Sie saß da und dachte daran, daß sie eigentlich aufstehen und die Lampe anzünden müsse, aber dann rief sie das Mädchen, daß dieses sie anzünden sollte, und blieb sitzen.

Marie kam mit der Lampe herein. Sie deckte den Tisch zum Tee.

»Wie spät ist es?« fragte Frau Bai.

»Der Achtuhrzug ist gemeldet«, sagte Marie.

»Das habe ich gar nicht gehört...«

Frau Bai nahm ein Tuch und ging hinaus. »Ist der Zug schon da?« fragte sie im Büro.

»Gleich«, sagte Bai. Er stand am Telegrafentisch.

»Sind Depeschen da?«

»Ja.«

»An wen?«

»Ach – oben im Dorfe.«

»Dann muß Ane also hin...«

Frau Bai ging auf den Perron hinaus. Sie liebte es sehr, die Züge im Finstern kommen und gehen zu sehen.

Der Laut, anfangs ganz in der Ferne, und dann das Dröhnen, wenn der Zug über die Flußbrücke rollte, und das große Licht, das immer näher kam, und endlich die schwere, keuchende Masse, die sich aus der Nacht herauswand und zu deutlichen Wagen wurde, die vor ihren Augen hielten mit den Schaffnern und dem hellen Postwagen und den Kupees...

Wenn dann der Zug wieder fort und das Brausen

erstorben war, lag alles wieder schweigend, gleichsam doppelt still da.

Der Stationswärter löschte die Laternen aus, zuerst die eine auf dem Perron, dann die über der Tür.

Man sah nichts mehr als das Licht der beiden Fenster, zwei schmale Lichtbrücken, die in das große Dunkel hinausführten.

Frau Bai ging ins Haus.

Sie tranken Tee, und dann las Bai die Zeitungen bei einem Grog oder zweien. Bai las nur die Regierungsorgane. Er selbst hielt die »Nationaltidende« und las außerdem Kiærs »Dagblad«, das er der Post entnahm.

Er schlug auf den Tisch, daß das Grogglas klirrte, wenn die Gegner »ordentlich eins auf den Schnabel bekamen«, und mitunter las er einzelne Sätze laut und lachte dazwischen.

Frau Bai hörte ruhig zu. Sie interessierte sich nicht für Politik, außerdem war sie abends immer furchtbar schläfrig.

»Nun ist es wohl Zeit«, sagte Bai.

Er erhob sich und zündete eine Handlaterne an. Er machte seine Runde, um zu sehen, ob alles geschlossen und die Weiche für den Nachtzug richtig gestellt sei.

»Du kannst zu Bett gehen, Marie«, rief Frau Bai in die Küche hinaus. Sie weckte Marie, die auf dem Holzstuhl saß und schlief.

»Gute Nacht, Frau Bai«, sagte sie schlaftrunken.

»Gute Nacht.«

Frau Bai stellte die Blumen in der Stube vom Fensterbrett auf den Fußboden. Dort standen sie während der Nacht in einer Reihe.

Bai kam zurück.

»Es wird kalt zur Nacht«, sagte er.

»Ich dachte schon daran – wegen der Rosen... Ich habe heute nach ihnen gesehen.«

»Ja«, sagte er, »sie müssen jetzt zugedeckt werden.«

Bai begann sich im Schlafzimmer auszuziehen. Die Tür stand offen.

Er liebte es, des Abends im Zimmer auf und nieder zu gehen. Vom Schlafzimmer ins Wohnzimmer in tiefem Negligé.

»Dies Trampeltier!« rief er. Marie trat oben in der Bodenkammer hart auf.

Frau Bai legte weiße Decken über die Möbel und schloß die Tür zum Büro.

»Kann ich auslöschen?« sagte sie und blies die Lampe aus.

Sie ging ins Schlafzimmer, setzte sich vor den Spiegel und löste ihr Haar.

Bai war in Unterhosen und bat um eine Schere.

»Teufel auch, wie mager du wirst«, sagte er.

Katinka nahm den Frisiermantel um.

Bai ging ins Bett, lag da und schwatzte. Sie antwortete in ihrer stillen Weise wie immer, sie machte immer eine kleine Pause, ehe die Worte kamen.

Sie hatten eine Zeitlang geschwiegen, da sagte Bai: »Hm, ein ganz netter Mensch – was?«

»Ja – so auf den ersten Blick . . .«

»Was sagt Agnes Linde? . . .«

»Auch, daß er ganz nett sei.«

»Hm – einen losen Mund hat das Mädel. Und Gott mag wissen, was für einen L'hombre er spielt . . .«

Bald darauf schlief Bai.

Wenn Bai schlief, atmete er stark durch die Nase.

Jetzt hatte sich Frau Bai daran gewöhnt.

Sie blieb noch einige Zeit vor dem Spiegel sitzen; sie nahm den Frisiermantel ab und besah ihren Hals.

Ja, sie war wirklich mager geworden.

Das war, seit sie im Frühjahr den Husten gehabt hatte.

Frau Bai löschte das Licht aus und legte sich ins Bett neben Herrn Bai.

II

Es waren die kurzen Tage.

Bald Platzregen, bald Tauschnee, aber stets grauer Himmel und Nässe. Selbst Fräulein Jensens beste Schüler kamen in Holzpantoffeln über die Felder zur Schule.

Auf dem Bahnhof glich der Bahnsteig einem See. Die letzten kleinen Blätter der Gartenhecke jagten davon. Triefend kamen die Züge; die Schaffner liefen vermummt in nassen Mänteln hin und her. Der kleine Bentzen eilte mit den Postsäcken unter dem Regenschirm herbei.

Kiærs Getreidewagen hatten eine Wachstuchplane, und die Kutscher saßen in Regenmänteln darauf. Verwalter Huus fuhr selbst den ersten Wagen zur Station. Es war mit Fracht und Deklarierung viel zu tun.

»Die Leute von Kiær sind da«, rief Bai zu seiner Frau hinein.

Verwalter Huus pflegte auf eine halbe Stunde sich des Regenrockes zu entledigen und in Bais Haus eine Tasse Kaffee zu sich zu nehmen.

Während Frau Bai hin und her ging und den Kaffeetisch deckte, arbeiteten Huus und die Knechte auf dem Perron und verluden die Säcke in die Güterwagen. Katinka sah sie an den Fenstern vorübergehen. Sie sahen so groß aus in ihrem Ölzeug.

Marie, das Mädchen, schwärmte für Huus und sprach bei ihrer Arbeit unaufhörlich von ihm.

Sie kam mit seinen Vorzügen nie zu Ende, und das letzte war immer: »Und diese Stimme, die er hat!«

Es war eine weiche, treuherzige Stimme, und niemand wußte, weshalb Marie sich gerade in diese verliebt hatte.

Wenn Huus draußen fertig war, kamen sie zum Kaffee herein. Im Zimmer war es warm und traulich und duftete nach ein paar Topfpflanzen, die noch am Fenster blühten.

»Ja, ich sage es ja!« rief Huus und rieb sich die Hände, »bei Frau Bai ist es gemütlich.«

Die Gemütlichkeit kam auch mit Huus. Es haftete ihm so eine stille Zufriedenheit an; viele Worte machte er nicht, und selten »erzählte« er etwas, aber er glitt so hübsch und lustig in das alltägliche Geplauder hinein, stets in gleich guter Laune. Man fühlte sich gemütlich, wenn er nur da war.

Es kam gerade ein Güterzug, und Bai mußte auf den Perron, um ihn zu expedieren.

Es trat keine Änderung ein, wenn Bai ging und die beiden andern allein blieben; sie plauderten oder schwiegen. Sie trat ans Fenster und lächelte Bai zu, der draußen im Regen umherlief.

Huus besah Katinkas Blumen und gab ihr Ratschläge für die Pflege. Katinka trat hin zu ihm, und sie besahen zusammen die Pflanzen. Er kannte jede einzige, ob sie wuchs oder ob sie stillstand, und was damit zu tun war.

Huus hatte Interesse für alle solchen kleinen Dinge, für die Tauben und für die neuen Erdbeerbeete, die jetzt im Herbst angelegt worden waren.

Katinka fragte ihn um Rat, und sie gingen umher und besahen bald dieses, bald jenes.

Bai hatte sich niemals um solche Dinge bekümmert, aber mit Huus war es, als sei immer etwas Neues da, wonach man sich erkundigen und um Rat fragen und das man sich einrichten mußte.

Sie hatten auf die Art immer viel zu besprechen,

so still und ruhig, wie es ihnen beiden lag. Es gab beinahe immer dies oder jenes, das auf Huus geradezu *wartete* – auch wenn er jeden Tag kam, wie in dieser Zeit, wo das Saatgut verkauft wurde.

Fräulein Ida Abel hatte auch oft auf der Station zu tun. Sie kämpfte sich den Weg entlang mit einem Brief, der mit der Mittagspost abgehen sollte.

»Mein Gott, ist das ein Wetter, Herr Leutnant.«

»Eine Tasse Kaffee, mein Fräulein – eine kleine innere Stärkung, um dem Wetter widerstehen zu können … Huus ist drinnen bei meiner Frau.«

»Ach, sind die Rugaarder hier?«

»Ja, mit Saatgut.«

Ida, die Jüngste, hatte das nicht geahnt.

Von einem Fenster ihrer Wohnung konnten die »Küken« Rundschau über die ganze Gegend halten.

Ida, die Jüngste, saß dort während der Vormittagsstunden.

Sie begann die Papilloten aus dem Haar zu nehmen.

»Wo willst du hin?« fragte Louise, die Älteste, die mit einem Kräuterkissen umherlief, weil sie Zahnschmerzen hatte.

»Briefe zur Bahn bringen.«

»Mutter« – Louise kreischte – »nun will Ida schon wieder wegrennen. Hm, wenn du glaubst, du kannst da einen angeln …«

»Geht das dich etwas an?« Ida, die Jüngste,

schlug dem anderen Küken die Tür zum Schlafzimmer vor der Nase zu.

»Meinetwegen, wenn du dich lächerlich machen willst – aber du ziehst deine eigenen Stiefel an – das sage ich dir, Ida... Mutter, sage Ida, sie soll ihre eigenen Stiefel anziehen – immer rennt sie mit meinen Knopfstiefeln zur Bahn.«

»Ph!« sagt Ida, die mit dem Haarkräuseln fertig ist.

»Und *meine* Handschuhe – erlaube gütigst...« Louise entreißt Ida ein Paar Handschuhe, und wiederum werden einige Türen heftig zugeschlagen.

»Was habt ihr denn, Kinder?« fragt Frau Abel. Sie kommt mit nassen Händen aus der Küche herein; sie hat Kartoffeln geschält.

»Ida stiehlt meine Kleider.« Fräulein Louise, die Älteste, weint vor Wut.

Die Witwe Abel bringt ruhig alles hinter Ida in Ordnung und kehrt zu ihren Kartoffeln zurück...

»Liebe Frau Bai«, sagt Ida, die Jüngste, in der Tür, »ich komme nicht herein. Guten Tag, Herr Huus, ich sehe so schrecklich aus... Ich gucke nur herein. Guten Tag...«

Fräulein Abel trat doch ein. Ihr Kleid unter dem Regenmantel war tief ausgeschnitten.

»Man hat so schrecklich viel zu tun vor Weihnachten... Oh, Sie erlauben wohl, Herr Huus...«

Fräulein Abel klemmte sich ins Sofa hinein... »Herrlich, ein bißchen zu sitzen«, sagte sie.

Aber sie saß nicht lange; da war zuviel, was sie bewundern mußte. Fräulein Ida Abel war so jugendlich entzückt.

»Herrgott – der kleine Teppich ...« Fräulein Abel mußte auf und den kleinen Teppich befühlen.

»Oh, Herr Huus, erlauben Sie ...« Sie klemmte sich wieder an ihm vorbei.

Sie befühlte den Teppich. »Mutter sagt immer, ich bin ein Irrwisch«, sagte Ida, die Jüngste.

Frau Abel nannte ihre Töchter mitunter ihre »Flattertauben«, aber der Name fand keinen Anklang. Louise, die Älteste, hatte etwas an sich, was den Begriff »Taube« absolut ausschloß.

Und es blieb bei den »Küken«.

Wenn Fräulein Ida Abel gekommen war, dauerte es nicht sehr lange, bis Verwalter Huus aufbrach.

Es sei nicht Platz für so viele in einem Zimmer, wo Fräulein Ida sei, meinte er.

Weihnachten kam heran.

Huus reiste wöchentlich einmal in Geschäften nach Randers. Er hatte stets etwas für Frau Bai zu besorgen; ihr Mann durfte es aber nicht hören. Die beiden flüsterten drinnen in der Wohnstube lange Zeit, wenn Huus mit dem Zuge gekommen war.

Katinka meinte sich seit vielen Jahren nicht so auf Weihnachten gefreut zu haben wie dies Jahr.

Das lag auch am Wetter. Es war heller, klingender Frost geworden, und Schnee bedeckte die Erde.

Wenn Huus in Randers gewesen war, blieb er auf der Station zum Tee. Er kam mit dem Achtuhrzuge. Frau Bai saß oft noch im Dunkeln.

»Wollen Sie ein wenig spielen?« fragte er.

»Oh, ich kann nur die paar ...«

»Aber wenn ich die nun gern hören möchte ...« Er saß auf einem Stuhl in einer Ecke neben dem Sofa.

Katinka spielte ihre fünf Stücke, die alle einander glichen. Es fiel ihr sonst nie ein, jemandem etwas vorzuspielen. Aber Huus saß so still in seiner Ecke, daß man ihn gar nicht bemerkte. Und dann war er auch ganz unmusikalisch.

Wenn sie gespielt hatte, blieben sie oft eine Weile sitzen, ohne ein Wort zu sprechen, bis Marie mit der Lampe und dem Teegeschirr kam.

Nach dem Tee nahm Bai den Verwalter mit ins Büro.

»Männer müssen auch mal unter sich sein«, sagte er.

Wenn sie allein waren, Huus und er, erzählte Bai Frauenzimmergeschichten.

Er hatte auch nichts anbrennen lassen, damals ..., als er die Kriegsschule besuchte. »Und Kopenhagen hatte Weiber – das ist zurückgegangen ... Sie sollen jetzt ja wohl nach Rußland gehen ... Ja – das mag gern sein ... Zurückgegangen ist es ... Wenn man die Kamilla – Kamilla Andersen gekannt hat – braves Mädchen – brillantes Mädchen – es nahm ein trauriges Ende mit ihr, sie stürzte sich aus dem Fenster... Ein *ehrgeiziges* Mädchen.« Bai blinzelte mit den Augen. Huus tat, als begriffe er Kamillas Ehrgeiz.

»Sehr ehrgeiziges Mädchen – kannte sie, brillant.«

Bai schwatzte die ganze Zeit. Huus rauchte seine Zigarre und sah nicht besonders interessiert aus.

»Ich frage ja auch die jungen Leute«, fuhr Bai fort, »die zu den Ferien in die Pfarre kommen: ›Was habt ihr jetzt für Frauenzimmer in Kopenhagen? Ist es was Gutes?‹

›Kleine Mädchen, alter Freund, kleine Mädchen. Ja-a – sie gehen alle nach Rußland‹, sagen sie – und das ist schon möglich.«

Huus äußerte keine Ansicht, wohin die Mädchen gingen. Er sah nach der Uhr.

»Es ist wohl Zeit«, sagte er.

»Ach – was...«

Aber Huus mußte fort: er habe dreiviertel Stunde Wegs...

Sie gingen zu Frau Bai hinein.

»Wollen wir Huus nicht begleiten?« sagte sie. »Das Wetter ist so schön...«

»Gut – schon um uns die Beine ein bißchen zu vertreten.«

Sie begleiteten ihn.

Katinka ging an Bais Arm; Huus an ihrer anderen Seite. Der Schnee auf dem Weg knirschte unter ihren Füßen.

»Wieviel Sterne da in diesem Jahr sind!« sagte Katinka.

»Ja, Tik, viel mehr als voriges Jahr.« Bai war immer angeregt, wenn er unter seinesgleichen gewesen war.

»Ja, wirklich«, sagte Katinka.

»Merkwürdig ist es mit dem Wetter«, bemerkte Huus.

»Ja«, sagte Bai, »diese Kälte schon vor Weihnachten.«

»Und die hält über Neujahr hinaus.«

»Meinen Sie?«

Dann schwiegen sie, und als sie wieder sprachen, war die Unterhaltung ähnlich.

Bei der Biegung des Weges verabschiedeten Bais sich.

Frau Bai summte auf dem Heimweg eine Melodie vor sich hin. Als sie nach Hause kamen, blieb sie in der Tür stehen, während Bai die Handlaterne holte und das Gleis für den Nachtzug inspizierte.

Er kehrte zurück. »So«, sagte er.

Katinka sog tief atmend die Luft ein.

»Wie herrlich die Kälte ist«, sagte sie und zerteilte mit der Hand ihren eigenen Atem in der Luft.

Sie traten ein.

Bai lag im Bett und rauchte einen Zigarrenstummel. Dann sagte er: »Ja – Huus ist wirklich ein netter Mensch . . ., aber er ist ein Philister.«

Frau Bai saß vor dem Spiegel. Sie lachte.

Aber Bai vertraute Kiær an, er glaube wirklich nicht, daß Huus sich auf Frauenzimmer verstehe.

»Ich fühle ihm so manchmal auf den Zahn – sehen Sie«, sagte er, »abends, wenn er bei uns ist... Aber ich glaube bei Gott nicht, daß er sich sonderlich auf Frauenzimmer versteht.«

»Na, alter Bai«, erwiderte Kiær, und sie schlugen sich gegenseitig auf die Schulter und lachten, »es können ja nicht *alle* Kenner sein.«

»Nein – glücklicherweise nicht... Und Huus – ich glaube bei Gott nicht...«

Sie wurden zum Kaffee gerufen.

Während der letzten Tage vor Weihnachten ging es auf der Station heiß her.

Das war ein Bringen und Holen. Niemand wollte auf den Postboten warten.

Fräulein Abels verschickten Gratulationskarten und fragten nach Paketen.

Fräulein Jensen brachte eine Zigarrenkiste, zu deren Verschluß sie eine ganze Stange Siegellack verbraucht hatte.

»Meiner Hände Arbeit, Frau Bai«, sagte Fräulein Jensen. Ihrer Hände Arbeit war für ihre Schwester bestimmt.

Frau Bai sagte: »Frau Abel war ja gestern in Randers.«

»Das machen die Zinsen«, sagte Fräulein Jensen spitz, »die jetzt ins Haus gekommen sind...«

»Sie war so beladen, als sie wiederkam...«

»Das glaube ich wohl.«

»Sie sind doch am Weihnachtsabend bei Abels?«

»Nein..., wir wohnen zwar Tür an Tür, Frau Bai..., aber Abels haben immer genug mit sich zu tun... Früher bin ich ja immer bei Lindes in der Pfarre gewesen... Aber Abels –«, fuhr Fräulein Jensen fort, »ach nein – das ist alles nichts...«

Frau Bai lud Fräulein Jensen ein, doch bei ihnen vorliebzunehmen.

Sie brachte es abends an, als Bai von der Nachtinspektion kam.

»Mathias«, sagte sie – bei gewagteren Mitteilungen sagte sie immer Mathias –, »ich habe die kleine Jensen zum Weihnachtsabend einladen müssen... Sie kann ja nicht zu Lindes gehen...«

»Na – meinetwegen.« Bai haßte »den kleinen Perückenstock«. »Wenn du nur deine Altjungferngesellschaft hast!«

Bai ging im Zimmer auf und ab.

»Will sie nicht zu Abels?« fragte er.

»Das ist es ja gerade – sie haben sie ja nicht eingeladen, Mathias...«

»Na, daran haben sie weiß Gott recht getan«, erwiderte Bai, indem er die Stiefel von sich warf. »Na, es ist ja *dein* Vergnügen.«

Frau Bai war froh, daß sie es von der Seele hatte.

Fräulein Jensen kam am Weihnachtsabend um halb sechs mit Spankorb und Mops.

Sie bat um Entschuldigung wegen ihres *Bel-Ami*.

»Er ist ja sonst bei Abels – ich lasse ihn ja sonst immer bei Abels. Aber heute abend, verstehen Sie, hätte ich es sehr ungern getan... Aber er stört niemanden – er ist ein stilles Tier.«

Bel-Ami wurde auf einer Decke in der Schlafkammer untergebracht. Dort blieb er. Er litt an Schlafsucht und machte sich nur durch Schnarchen bemerkbar.

»Er schläft mit gutem Gewissen«, sagte Fräulein Jensen, indem sie Manschetten und Kragen aus dem Spankorb herausholte.

Bel-Ami war nur lästig, wenn es nach Hause ging. Er hatte absolut jede Lust zur Bewegung verloren.

Bei jedem zehnten Schritt stand er still und heulte, den Schwanz zwischen die Beine geklemmt.

Wenn es niemand sah, nahm Fräulein Jensen ihn auf den Arm und trug Bel-Ami.

Sie aßen um sechs. Der Baum stand in einer Ecke. Der kleine Bentzen hatte sich einen Hahnenkamm gebürstet und war im Konfirmationsrock.

Er aß wie ein Wolf.

Bai füllte fortwährend die Gläser und stieß mit Fräulein Jensen und Bentzen an.

»Na – prost, Fräulein Jensen. – Prost, mein guter Bentzen – es ist nur einmal im Jahr Weihnachten«, sagte er. Er schenkte unaufhörlich ein.

Der kleine Bentzen wurde rot im Gesicht wie ein Hummer.

»Wir trinken ja wie die Heiden«, sagte Fräulein Jensen.

Die Tür zum Büro stand offen. Der Telegraf hämmerte unablässig.

Die Kollegen an der Strecke wünschten einander fröhliche Weihnachten. Bai ging hin und her und antwortete.

»Grüße von mir«, sagte Katinka.

»Fröhliches Fest von Mundstrup«, rief Bai vom Apparat.

»Ja«, sagte Fräulein Jensen, »das ist es, was ich meinen Schülern immer sage: ›Unsere Zeit hat die Entfernung aufgehoben.‹ Das sage ich so oft zu ihnen.«

Beim Dessert wurde Fräulein Jensen lebhaft. Sie nickte sich selbst im Spiegel kindlich zu und sagte: »Prost!«

Fräulein Jensen trug einen neuen Chignon, den sie sich selbst zu Weihnachten geschenkt hatte. Sie trug jetzt Haare in drei Nuancen.

Fräulein Jensen wurde nach und nach vergnügt über sich selbst.

Nach Tisch, während der Baum angezündet wurde, versuchte der kleine Bentzen in der Küche über Marie, das Dienstmädchen, Bock zu springen.

Katinka ging still umher und ließ sich gute Zeit beim Anzünden. Sie wollte wohl auch ein wenig allein sein.

»Gott mag wissen, ob Huus unser Paket bekommen hat«, sagte sie. Sie stand auf einem Stuhl und zündete mit einer Wachskerze die Lichter an.

Im letzten Augenblick nahm sie ein Fichu von ihrem Tisch – sie hatte es von einer ihrer Schwestern bekommen – und legte es für Fräulein Jensen hin. Auf Fräulein Jensens Platz sah es so ärmlich aus; sie teilte das Sofa mit dem kleinen Bentzen.

Katinka öffnete die Tür zum Büro, und alle kamen zum Baum herein.

Sie gingen umher und besahen ihre Geschenke und dankten halb verschämt. Fräulein Jensen holte kleine Pakete in Seidenpapier aus ihrem Spankorb und legte sie ringsherum auf die Plätze.

Marie, das Mädchen, kam in einer weißen Schürze herein. Sie ging mit ihren eigenen Geschenken im Arm herum und befühlte alle Gegenstände.

Der Achtuhrzug wurde expediert, und sie saßen wieder in der Stube. Der Christbaum brannte noch immer in seiner Ecke.

Es war sehr warm und qualmig drinnen von den vielen Lichtern am Baum.

Bai kämpfte fast mit dem Schlaf und sagte: »Man wird schachmatt von all dem Festieren, Fräulein Jensen. Die Weihnachtsfreude sättigt«, fügte er hinzu.

Sie waren alle schläfrig und sahen nach der Uhr. Die beiden Damen begannen immer wieder von den Geschenken zu sprechen und wie sie gearbeitet seien.

»Ich glaube, ich werde hineingehen und sehen,

wie man die Welt regiert hat«, sagte Bai. Er schlüpfte in sein Kontor. Der kleine Bentzen saß auf einem Stuhl unter dem Pfeifenbrett und schlief.

Die beiden Damen blieben allein, sie saßen in einer Ecke am Klavier vor dem Baum und waren sehr schläfrig.

Sie waren einen Augenblick eingeschlummert und fuhren bei einem Knistern am Baum erschreckt auf. Einer der Zweige brannte.

»Die Lichter sind bald heruntergebrannt«, sagte Katinka, indem sie das Feuer löschte.

Die Lichter begannen nach und nach auszubrennen, und der Baum wurde dunkel. Sie saßen wieder ganz wach da und blickten auf den erloschenen Baum – nur ein paar Lichter brannten noch schwach.

Sie wurden beide von derselben stillen Schwermut ergriffen, indem sie die letzten kleinen Lichter ansahen; denn es war ihnen, als ob diese den dunklen, toten Baum nur noch mehr hervorhoben.

Fräulein Jensen begann zu sprechen. Anfangs hörte Katinka kaum, was sie sagte; sie hing ihren eigenen Gedanken nach über ihre Angehörigen und über Huus.

Katinka wußte nicht, weshalb sie den ganzen Abend so viel an Huus gedacht hatte. Die ganze Zeit war er ihr nicht aus den Gedanken gekommen.

Die ganze Zeit...

Sie nickte Fräulein Jensen zu und tat, als ob sie zuhöre.

Fräulein Jensen sprach von ihrer Jugend und fing dann urplötzlich an, die Geschichte ihrer Liebe zu erzählen. Sie war bereits mitten in der Erzählung, als Katinka aufmerksam wurde und sich wunderte, wie Fräulein Jensen dazu kam, dies jetzt und gerade ihr zu erzählen...

Es war die ganz einfache Geschichte einer Liebe, die nicht erwidert wurde. Sie hatte geglaubt, sie sei die Erkorene, und dann war es ihre Freundin gewesen.

Fräulein Jensen sprach halblaut in ein und demselben ruhigen Ton. Das Taschentuch hatte sie in der Hand, und mitunter schluchzte sie ein bißchen und führte es über die Wangen.

Katinka wurde nach und nach gerührt. Dann dachte sie daran, wie die kleine, runzlige Person wohl in ihrer Jugend ausgesehen haben mochte. Vielleicht hatte sie doch eine nette, kleine Figur gehabt.

Und jetzt saß sie hier verlassen und allein.

Katinkas Herz wurde ganz beklommen, und sie ergriff Fräulein Jensens Hände und streichelte sie sanft.

Das alte Fräulein weinte heftiger unter dieser Liebkosung. Katinka fuhr fort, ihre Hände zu streicheln.

Die letzten Lichtstümpfe brannten herab, und der Christbaum stand ganz finster da.

»Und doch muß eine alleinstehende Frau sich

durchs Leben schlagen«, sagte Fräulein Jensen, »was für Schlingen man ihr auch um die Füße legt.« Fräulein Jensen war wieder bei dem Prediger und seinen »Worten« angelangt.

Katinka ließ Fräulein Jensens Hand los. Es schien ihr, als sei es ganz kalt und unheimlich um den erloschenen Baum geworden.

Bai machte die Tür zu dem hell erleuchteten Büro auf. Es war ein reitender Bote gekommen, der ein Paket von Huus brachte.

»Die Lampe, Marie!« rief Katinka und lief mit dem Paket in das Büro.

Es war ein sehr schöner, mit Goldfäden durchschossener filierter Schal darin, ein großer Schal, der sich wie nichts zusammenlegen ließ.

Katinka stand starr mit dem Schal in der Hand; sie freute sich so sehr darüber. Sie hatte einen ganz ähnlichen gehabt, und den hatte sie vor ein paar Wochen versengt...

Aber dieser war viel schöner...

Und sie stand noch immer mit dem Schal in der Hand da.

Bai war jetzt wieder munter. Er hatte das Festmahl ausgeschlafen, und sie tranken alle ein paar Gläser Tee mit echtem Rum.

Der kleine Bentzen wurde so selig, daß er in seine Kammer lief und einige Gedichte holte, die er auf viele Stücke Papier, hinten auf alte Tarife und Rechnungen geschrieben hatte.

Er las sie vor, so daß Bai sich vor Lachen auf den Bauch schlug, Katinka saß da und lächelte, in Huus' feinen Schal gehüllt.

Fräulein Jensen spielte schließlich einen Tiroler Walzer, und der kleine Bentzen eilte halb verlegen in die Küche hinaus und walzte mit Marie, daß sie kreischte.

Sie mußten alle helfen, Bel-Ami aufzuwecken, als Fräulein Jensen gehen wollte; er wollte durchaus nicht von seiner Decke herunter, und Bai trat ihm auf den Schwanzstummel, als Fräulein Jensen sich umdrehte.

Der kleine Bentzen sollte sie nach Hause bringen, aber Fräulein Jensen, die im Dunkeln ängstlich wie ein Hase war, wollte allein gehen.

Fräulein Jensen mochte ihren Bel-Ami nicht tragen, wenn es jemand sah.

Sie gaben ihr alle das Geleit bis zur Perrontür und riefen »Fröhliche Weihnacht! Fröhliche Weihnacht!« hinaus über die Hecke.

Bel-Ami heulte mitten auf dem schneebedeckten Wege. Er rührte sich nicht von der Stelle.

Als Fräulein Jensen sah, daß alle wieder ins Haus getreten waren, beugte sie sich herab und nahm Bel-Ami unter den Arm.

Fräulein Jensen war wie eine Eskimofrau eingehüllt, als sie in der Christnacht heimwärts ging.

Katinka öffnete die Fenster in der Wohnstube, so daß die schneidende Luft hereinströmte.

»Hm, die kleine Kruke!« sagte Bai. Er war ganz menschenfreundlich froh, die kleine Jensen heute abend bei sich gehabt zu haben.

»Die Ärmste!« sagte Katinka. Sie blieb am Fenster stehen und sah über die weißen Felder in die Nacht hinaus.

»Man sollte nicht glauben, daß du über Husten klagst«, sagte Bai. Er schloß die Tür zum Schlafzimmer.

Bentzen ging über den Perron in seine Kammer.

»Sie nahm den Mops auf«, sagte er. Er hatte sich hinter der Hecke versteckt, um diese Begebenheit zu sehen. »Fröhliche Weihnacht, Frau Bai...«

»Fröhliche Weihnacht, Bentzen!«

Es wurden einige Türen geschlossen, und dann war es ganz still.

Nur hin und wieder vernahm man ein feines Summen in den Telegrafendrähten.

Katinka stand draußen und fütterte die Tauben, ehe sie in die Kirche gingen. Der Himmel war hoch, die Luft ruhig, und vom Walde her ertönten die Glokken. Ringsumher auf den weißen Feldern sah man die Bauern, die im Gänsemarsch auf den geschaufelten Wegen zur Kirche gingen.

Sie warteten in Gruppen vor der Kirche und wünschten einander ein fröhliches Fest. Die Frauen reichten sich die Spitzen der Finger und flüsterten miteinander.

Dann standen sie still und blickten sich gegenseitig an, bis eine neue in ihren Kreis trat.

Bais kamen etwas spät, und die Kirche war schon voll. Katinka nickte Huus, der dicht an der Tür stand, ein »Frohe Weihnachten« zu und begab sich auf ihren Platz.

Sie teilte den Kirchenstuhl mit Abels, dicht hinter Pastors.

Die Küken Abel verschwanden in Schleiern und phantastischen Schleifen.

Frau Linde hatte an den großen Opfertagen die Augen im Nacken. Sie kleidete sich und das Fräulein Tochter für die Eingänge an den Opfertagen und die Kälbchen.

Das Fräulein ging nie in die Kirche, wenn »ein Tellerwalzer am Altar« stattfand.

Die Bauern sangen die alten Weihnachtslieder, und nach und nach fiel groß und klein mit ein. Es klang so stark und froh unter den Gewölben. Die Wintersonne schien hell durch die Fenster auf die weißen Wände. Der alte Linde sprach von den Hirten auf dem Felde und von den Menschen, denen heute der Heiland geboren sei, in einfachen, schlichten Worten, so daß sich ein Friede der Einfalt auf seine Kirche niedersenkte.

Katinka blieb in Weihnachtsstimmung, während der Opferzug der Bauern sich in langer Reihe um den Altar hinzog.

Die Männer gingen steif und schwerfällig auf den

Fliesen und kehrten auf ihren Platz zurück, ohne eine Miene verzogen zu haben.

Die Frauen gingen geniert und mit roten Köpfen, starr auf das zusammengelegte Taschentuch schauend, vorüber.

Frau Lindes Augen hafteten unablässig auf den ausgestreckten *Händen* am Altar.

Frau Linde war seit fünfunddreißig Jahren Pfarrfrau, und an unzähligen Opfertagen war sie anwesend gewesen. Sie sah es den *Händen* an, was jeder erlegte.

Die Hände kamen mit einer anderen Bewegung aus den Taschen, wenn sie wenig und wenn sie viel auf den Altar niederlegten.

Frau Linde veranschlagte die Opfer auf die eines Durchschnittsjahres.

Vor der Kirche trafen Bais den Verwalter.

Man atmete draußen in der frischen Luft auf, und allgemein wünschte man sich von neuem ein fröhliches Weihnachtsfest.

Der Pastor kam mit dem Opfergeld in einem zusammmengebundenen Taschentuch, und alle grüßten und knicksten.

»Nun, Fräulein Jensen, dann wünschen wir einander wohl fröhliche Weihnachten«, sagte der alte Pastor.

Katinka ging mit Huus durch die Kirchhofspforte. Bai blieb mit Kiær etwas zurück, so daß die beiden allein auf dem Wege dahingingen.

Die Sonne lag auf den hell glitzernden Feldern; hier und dort auf den Höfen hatte man Flaggen aufgezogen.

Ringsumher zogen die Kirchgänger in Scharen heim.

Katinka klangen noch die Weihnachtslieder im Ohr, sie fühlte alles wie in froher Festfreude.

»Weihnachten ist herrlich«, sagte sie.

»Ja«, sagte Huus und legte seine ganze Überzeugung in dieses Ja.

»Und der Prediger hat auch sehr schön gesprochen«, fügte er nach einer Weile hinzu.

»Ja«, sagte Katinka, »es war eine schöne Predigt.«

Sie gingen eine Strecke, dann sagte Katinka: »Aber ich habe Ihnen noch gar nicht gedankt für den Schal...«

»Oh, keine Ursache!«

»Doch! Ich habe mich so gefreut... Ich hatte früher einen ähnlichen, und er ist halb verbrannt.«

»Ja, das weiß ich doch... Sie hatten den Schal um, als ich ankam!«

Katinka wollte erwidern: »Wie ist das möglich, daß Sie das sahen?« – aber sie sprach es nicht aus. Sie wußte auch nicht, weshalb sie plötzlich errötete, und zum erstenmal merkte sie, daß sie nichts sagten, und sie suchte nach etwas, um das Schweigen zu brechen.

Sie kamen hinab zum Walde, und die Glocken der Filialkirche läuteten. Es war, als ob die Glocken heute gar nicht zu klingen aufhören wollten.

»Sie gehen doch mit uns«, sagte Katinka, »und verderben uns nicht das Weihnachtsfest.«

Sie standen auf dem Perron und hörten auf die Glocken, während sie auf Bai warteten. Huus blieb den ganzen Tag da.

Als Bai sich an den Tisch setzte, der im Damasttuch und mit vielen Glasschalen prunkte, sagte er: »Ja – man hat es am besten in der Familie.«

Der kleine Bentzen rief: »Ja!« und lachte vor Vergnügen.

Huus sagte nichts. Er saß, wie Katinka zu sagen pflegte, nur da und schaute freundlichen Blickes drein.

Und den ganzen Tag ruhte eine stille Freude über dem Hause.

Abends spielten sie Whist. Der kleine Bentzen war der vierte Mann...

Im Pfarrhof nahm man das Opfergeld aus den Papieren und zählte es. Frau Linde war enttäuscht. Das Opfer war bedeutend *unter* einem Durchschnittsjahr.

»Wie kommt das, Linde?« fragte sie.

Der Pastor sah nachdenklich auf die vielen *kleinen* Münzen.

»Wie das kommt? Die Leute glauben, wir leben wie die Lilien auf dem Felde.«

Frau Linde machte eine Pause und zählte zum letztenmal die ganzen Kronen.

»Mit Familie«, schloß Frau Linde.

»Na, mein Kind«, sagte der alte Linde, »laß uns wenigstens dankbar sein für die Einrichtung des Zehnten.«

Das Pfarrersfräulein und Pastor Andersen amüsierten sich damit, die Möbel im Salon umzustellen. Sie spielten Krocket.

»Ich gehe Mutter aus dem Wege«, sagte Fräulein Agnes. »*Alle* unedleren Elemente sind an den großen Opfertagen bei Mutter in Aufruhr.«

Das Weihnachtsfest verrann.

Katinka meinte seit langem, seit sie von Hause fort war, kein so schönes, gemütliches Weihnachten gehabt zu haben. Nicht, daß etwas Besonderes oder mehr als sonst geschehen war; sie waren mit Huus und einigen anderen Leuten bei Lindes gewesen, und Fräulein Linde und der Kaplan kamen eines Abends mit Kiær und Huus zu ihnen. Fräulein Abels waren zum Nachmittagszug dagewesen und wurden auch ins Haus gebeten, und nach dem Achtuhrzug tanzten sie im Wartesaal und sangen dazu.

Etwas Besonderes war also nicht geschehen, aber es war, als ob alles einen so glücklichen Verlauf genommen hätte.

Der einzige, der etwas »murrte«, war Huus. Er saß in der letzten Zeit oft in Gedanken versunken da.

»Huus«, sagte Katinka, »schlafen Sie?«

Huus fuhr aus seinen Gedanken auf.

Bai wurde von dem allgemeinen Behagen im Hause völlig angesteckt.

»Einen verteufelten Einfluß kann doch das Wetter haben«, sagte er, als er auf dem Perron stand und den Nachmittagszug expediert hatte. »Fühle mich bei Gott verdammt wohl in dieser Zeit – erstaunlich wohl...«

Und ihre Ehe war in dieser Zeit wie umgewechselt und um Jahre zurückgerückt. Keineswegs gewaltsam oder hitzig, sondern vertraulich und vergnügt.

Es war am Silvesterabend gegen zwölf Uhr. Bais waren noch auf, um auf das neue Jahr anzustoßen.

Da ertönte ein gewaltiger Lärm am Zaun.

»Was, zum Kuckuck!« rief Bai; er und Bentzen, mit dem er Sechsundsechzig spielte, fuhren zusammen. »Peter könnte das Pulver lieber sparen.«

Es klopfte ans Fenster, und Huus' Stimme rief: »Prosit Neujahr!«

»Was zum Teufel – ist das Huus?« sagte Bai, indem er aufstand.

»Ich dachte es mir gleich«, sagte Katinka. Sie hatte von dem Spektakel Herzklopfen bekommen.

Bai ging hinaus und schloß auf. Huus hielt draußen im Schlitten.

»Aber kommen Sie doch herein«, sagte Bai, »und stoßen Sie mit uns an.«

»Guten Abend, Huus.« Katinka erschien in der Tür. »Wir trinken doch auf ein glückliches neues Jahr.«

Sie banden das Pferd im Warenschuppen an, und Katinka gab ihm Brot.

Sie leerten die Gläser, als es zwölf schlug, und beschlossen, bis zum Nachtzug, der um zwei Uhr vorüberfuhr, aufzubleiben.

»Spiele ein Stück, Tik«, sagte Bai.

Katinka spielte eine Polka, und Bai brummte dazu.

»Ja«, sagte er, »man war seinerzeit ein tüchtiger Tänzer, nicht wahr, Tik?« Er kitzelte sie am Halse.

Sie gingen auf den Perron hinaus. Der Himmel war finster, zum erstenmal seit langer Zeit.

»Es gibt mehr Schnee«, sagte Bai. Er nahm etwas losen Schnee auf und warf ihn dem kleinen Bentzen ins Gesicht. Es entstand für eine Weile ein allgemeines Gefecht.

»Da haben wir den Zug«, rief Bai. Man hörte den Zug wie ein fernes Brausen. »Verdammt dunkel heute abend«, sagte Bai.

Das Geräusch kam näher. Jetzt donnerte die Lokomotive über die Brücke, das kleine Licht kam näher und wuchs; dann brauste die Lokomotive gleich einer großen, helläugigen Bestie aus dem Dunkel hervor, und sie standen alle vier still, während der Zug schnell vorüberrasselte. Dampf umgab ihn, während aus den Wagen Licht über den Schnee fiel.

Klappernd eilte der Zug hinaus in die Finsternis.

»Hm«, sagte Katinka, »so gehn wir ins neue Jahr hinein.«

Sie hatten einige Minuten schweigend dagestanden.

Sie lehnte sich an ihren Mann und strich ihr Haar an seiner Wange.

Bai war auch von der Situation ergriffen. Er beugte sich hinab und küßte sie.

Der Zug brauste in der Ferne. Sie wandten sich alle um und traten ins Haus.

Huus war grausam gegen das Pferd, als er im Schlitten nach Hause fuhr. Es bekam die Peitsche, daß es nur so sauste, und Flüche obendrein.

Finster war es, und es begann sich ein Sturm zu erheben.

Katinka konnte nicht schlafen, sie weckte Bai.

»Bai!« rief sie.

»Was gibt's?« Bai drehte sich um.

»Es ist ein böses Wetter ...«

»Na – wir sind ja nicht auf See«, sagte Bai halb im Schlaf.

»Aber es ist ein fürchterliches Schneegestöber«, sagte Katinka. »Glaubst du, daß Huus jetzt zu Hause ist, Bai?«

»Ach was – Unsinn!«

Bai schlief wieder ein ...

Aber Katinka schlief nicht. Sie war besorgt um Huus, der bei diesem Wetter unterwegs war. Es war so finster – und er kannte doch die Gegend noch nicht.

Wie sonderbar, wenn man sich vorstellte, daß Huus erst drei Monate hier war ...

Ob er wohl jetzt schon zu Hause war? ... Katinka

lauschte wieder auf den Sturm, der zunahm... Er war heute abend auch betrübt gewesen – hatte so still dagesessen – sie kannte ihn – er hatte so niedergeschlagen ausgesehen... Irgend etwas mußte mit ihm los sein.

Es war in letzter Zeit irgend etwas mit ihm los...

Aber wenn er jetzt bloß zu Hause war – das Unwetter nahm immer mehr zu...

Katinka schlummerte ein und schlief neben ihrem Mann.

Am zweiten Januar war Gesellschaft im Pfarrhause.

Die halbe Gegend erschien, und es war ein Geplauder und ein Gemurmel durch alle Zimmer bis in die Gänge hinaus. Das war immer so, es wurde jedem die Zunge gelöst, wenn er ins Pfarrhaus kam.

Die Familie Abel kam erst, als das Sprichwörterraten begonnen hatte. Sie kamen stets zu spät.

»Die Zeit läuft uns weg«, sagte Frau Abel, »wir können uns nie von unserem Nest trennen.«

Wenn Fräulein Abels aus wollten, gingen sie von mittags an im Frisiermantel umher und zankten sich. Frau Abel mußte sich in der letzten Minute anziehen und sah immer aus, als ob ein Sturm sie heimgesucht hätte.

Man spielte Sprichwörterraten, so daß kein Fetzen in irgendeinem Kleiderschrank im Pfarrhof unberührt hängen blieb.

Fräulein Agnes spielte einen dicken Mann in den

Hosen des Tagelöhners und dann einen Grönländer mit Katinka als Grönländerin.

»Schöne Frau«, sagte sie, »Sie sind nicht zimperlich.«

Sie tanzten den grönländischen Tanz Pingasut, daß Katinka ganz schwindlig war, aber sie war so vergnügt, daß sie fast übermütig wurde.

Ida, die Jüngste, gehörte zu der anderen Partei. Da handelte es sich um einen Harem oder um einen großen Badeort. Aber wo auch immer es war, Ida, die Jüngste, wurde allemal von einem hageren, blonden Leutnant umarmt und gedrückt.

In den Türen standen die älteren Herrschaften beisammen und sahen zu. Vor den Fenstern des Saales im Garten standen der Großknecht, die beiden Tagelöhner und die Knechte und grinsten über ihr »fesches« Fräulein.

Der alte Pastor Linde ging von einer Gruppe zur andern. »Sie amüsieren sich, sie amüsieren sich«, sagte er, indem er zu den älteren Herrschaften hintrat.

Die Witwe Abel blickte dem Pastor nach; sie saß neben der Frau des Müllers.

»Ja, hier geht es lustig zu.«

»Ja«, erwiderte die Frau des Müllers, »ein lustiges Pfarrhaus.« Die Betonung lag etwas streng auf der Silbe »Pfarr«.

Ihre Helene stand neben der Mutter. Sie wollte am liebsten nichts mit dem Spiel zu tun haben.

Der Müller hatte sich ein neues Wohnhaus gebaut und strebte vorwärts. Sie gaben zwei Gesellschaften jährlich, wo die Leute im Kreise umhersaßen und die neuen Möbel anstarrten. Dort *blieb* alles neu.

Auf allen Möbeln befanden sich Decken und Gegenstände, die Fräulein Helene verfertigt hatte.

Für gewöhnlich wohnte die Familie in einem Zimmer in dem alten Wohnhaus. Einmal in der Woche wurde in dem neuen Hause geheizt, damit die Möbel nicht leiden sollten.

Fräulein Helene war das einzige Kind. Sie war von Fräulein Jensen mit besonderer Rücksicht auf den Unterricht in fremden Sprachen erzogen worden. Sie war die eleganteste Dame der Gegend mit ausgeprägter Vorliebe für Goldschmuck. Zu den Toiletten trug sie graue Filzschuhe und weiße, baumwollene Strümpfe.

In Gesellschaft war sie leicht verletzt und stellte sich mit einem sauren Gesicht neben ihre Mutter.

»Ja«, sagte Frau Abel, »meine Küken finden es hier ja mitunter ein bißchen *zu* lebhaft...«

»Mama«, sagt Ida, die Jüngste, »gib mir dein Taschentuch.«

»Gleich.« Ida, die Jüngste, nimmt es etwas unsanft aus den Händen der Mutter.

Sie soll eine Nachtmütze aufhaben und hat entdeckt, daß ihr eigenes Taschentuch etwas defekt ist.

»Sie sind so eifrig beim Spiel«, sagt Frau Abel zu der Frau des Müllers.

Das Sprichwortspiel ist zu Ende, und vor dem Abendbrot wird schnell noch »Blindekuh« gespielt. Es ist ein Gekreisch im Saal und ein Getobe, daß der alte Kachelofen ins Wackeln kommt.

»Der Ofen!« schreien sie. »Der Ofen!«

»Hier – hier!«

Ida, die Jüngste, ist so ermattet, daß sie auf einen Stuhl sinkt. Sie kann vor Herzklopfen nicht atmen. »*Fühlen* Sie«, sagt sie und legt die Hand des Leutnants auf ihre Brust, »wie mein Herz klopft.«

Katinka ist Blindekuh und wird herumgeschwenkt, daß sie kaum stehen kann.

»Nein – sieh einer die schöne Frau an«, ruft Fräulein Agnes.

»Hier – hier!«

Katinka fängt Huus.

»Wer ist das?«

Er bückt sich, und Katinka befühlt sein Haar. »Das ist Huus!« ruft sie. Der alte Pastor Linde klatscht in die Hände zum Zeichen, daß man zu Tisch gehen solle.

»Huus«, sagt Katinka, »was ist Ihnen? ... Fehlt Ihnen etwas?«

»Wie kommen Sie darauf?«

»Sie sind in der letzten Zeit nicht so fröhlich... wie früher...«

»Mir fehlt nichts, Frau Bai...«

»Und ich«, sagt Katinka, »bin gerade so außerordentlich fröhlich.«

»Ja«, sagte Huus, »das sieht man.«

Bai kam vom Spieltisch. »Mein Gott, wie siehst du aus?« sagte er.

Katinka lachte: »Ja – wir haben einen grönländischen Tanz aufgeführt.« Huus führte sie zu Tisch.

Bai schnappt Ida, die Jüngste, dem Leutnant weg, der mit dem Sohn des Schullehrers hinterhergeht.

»Hansen«, sagt der Leutnant, »wer ist das Mädchen?«

»Ach, die Mutter, die schiefe, dort mit dem Pastor, die lebt hier auf dem Hofe, auf dem Altenteil.«

»Verteufeltes Mädchen!« sagt der Leutnant. »Sie hat bei Gott eine famose Büste...«

Alle haben sich gesetzt. Der Pastor sitzt am Tischende. Er bringt während des Essens zwei Toaste aus »auf die Abwesenden« und »auf den guten Geist in der Gesellschaft«. Diese beiden Toaste sind mit denselben Worten seit siebzehn Jahren im Pfarrhof ausgebracht worden.

Zum Schluß gibt es Kranzkuchen mit Knallbonbons. Der Pastor knallt mit Fräulein Jensen.

Der Leutnant hat einen Stuhl neben Ida, der Jüngsten, eingeschoben, und dort ist der Platz so eng, daß sie sich fast auf dem Schoß sitzen.

Man kann kein Wort verstehen, denn alle lachen und knallen und lesen die Devisen laut vor.

»Ja«, sagt der alte Linde, »das ist die Jugend.«

»Huus, jetzt kommen wir«, sagt Katinka, indem sie ihm ein Knallbonbon hinreicht.

Huus faßt an. »Sie haben die Devise«, sagt Katinka.

Huus liest das kleine Papier. »Dummer Schnack«, sagt er und zerreißt es.

»Aber Huus – was stand denn darauf?«

»Alle Konditorgehilfen schreiben von Liebe«, ruft Ida, die Jüngste, über den Tisch.

»Fräulein Ida«, sagt der Leutnant, »wollen wir beide?«

Ida, die Jüngste, dreht sich um und knallt mit dem Leutnant. »Mein Gott – das ist doch unpassend«, ruft sie. Sie bekommt einen Spruch vom Küssen, den der Leutnant mit dem kleinen Knebelbart dicht an ihrer Wange vorliest.

Man schiebt die Stühle etwas vom Tisch ab, und die Damen fächeln sich mit den Servietten. Die Jungen haben heiße Köpfe von der Hitze und dem Milchpunsch, der in großen grauen Kannen herumgereicht wird.

Ein kleiner, nüsternbleicher Student läßt das »patriarchalische Heim des Pastors Linde« hochleben, und alle erheben sich und rufen: »Hurra!« Der kleine Student stößt noch besonders mit dem Pastor an.

»Sie kleiner ›Roter‹«, sagt der alte Linde, »trinken Sie auf mein Wohl?!«

»Man kann Achtung vor den *Personen* haben«, sagt der kleine Nüsternbleiche.

»Ja, ja«, sagt der alte Linde, »ja, ja... Ja, die Jugend muß doch etwas zu *bekämpfen* haben, sehen Sie, gnädige Frau...«

Frau Abel ist mit ihrer Ida, der Jüngsten, beschäftigt. Sie ist so lebhaft, sie liegt fast in den Armen des Leutnants.

»Ja, Hochwürden«, sagt sie.

»Ida, mein süßes Kind (aber das süße Kind hört es nicht), Ida, Kind – stoße doch einmal mit deiner Mama an«, sagt Frau Abel.

»Prost!« sagt Ida, die Jüngste, »Leutnant Nielsen« – sie reicht ihm ihr Glas –, »stoßen Sie mit Mutter an.«

Die Witwe Abel lächelt: »Oh – oh – was mein Ida-Kind für Einfälle hat...«

Der kleine Nüsternbleiche will wissen, ob Fräulein Helene Schandorph gelesen hat...

Fräulein Helene liest die »Mappe«...

»Ich nenne die ganze Richtung die echteste Frucht unseres mächtigen Brandes..., der Geistesfreiheit.«

»Brandes, das ist doch dieser Jude?« sagt Fräulein Helene. Auf der Mühle ist keine andere Vorstellung von »Geistesfreiheit« zu finden.

Der Student kommt auf den großen Darwin zu sprechen.

Bai hat etwas gesagt, worüber Fräulein Jensen ganz rot geworden ist.

»Sie sind ein Schlimmer!« sagt die kleine Jensen und schlägt ihm auf die Finger.

»Aber, Huus«, sagt Katinka, »man muß doch das Leben nehmen, wie es ist ... und ...«

»Und?«

»Und eigentlich ist es doch so schön ...«

»Herr Leutnant«, ruft Fräulein Ida, »Sie sind *abscheulich*.«

Der alte Pastor Linde sitzt an seinem Tischende mit gefalteten Händen und nickt nur mit dem Kopfe.

»Also gesegnete Mahlzeit!« ruft er und steht auf.

Es entsteht ein Gescharre im Zimmer und ein allgemeines Gesegnete-Mahlzeit-Wünschen.

Drinnen im Saal ist Agnes bereits am Klavier: es soll getanzt werden.

»Ich weiß nicht, ob du Ida *gesehen* hast«, sagt Louise, die Älteste, zur Witwe. »Man möchte in die Erde sinken über sie.«

Ida, die Jüngste, bildet mit dem Leutnant das erste Paar.

»Leben in die Bude«, ruft Fräulein Agnes vom Klavier her. Sie spielt »Auf meinem Kanapee«, daß die Saiten klirren.

Bai tanzt mit Katinka, bis die Runde durch die Zimmer kommt; einander an der Hand haltend, galoppieren sie durch die Türen. Der alte Linde ist an der Spitze mit der stöhnenden Jensen.

»Linde! Linde!« ruft seine Frau. »Deine alten Beine.«

Fräulein Agnes schlägt auf die Tasten, daß es dröhnt.

»O Gott – ich sterbe«, sagt Helene aus der Mühle.

Plötzlich wird die Kette gesprengt, atemlos sinken die Paare auf die Plätze ringsumher.

»Puh – das macht warm«, ruft Bai dem Leutnant zu und trocknet sich die Stirn. »Ob wir wohl ein Glas Bier finden?«

Der Leutnant ist dabei. Sie gehen durch die Zimmer. Im Eßzimmer sind die Flaschen an einem Fenster aufgereiht.

»Ist das Hiesiges?« fragt der Leutnant.

»Nein, das ist Carlsberger.«

»Nun, dann bin ich dabei.«

»Hier ist eine gemütliche Ecke«, sagte Bai. Sie gingen in das Studierzimmer des Pastors, ein kleines Zimmer mit Oehlenschlägers und Mynsters gesammelten Schriften auf grüngestrichenen Regalen und Thorvaldsens Christus über dem Schreibtisch.

Sie setzten sich mit dem Bier an den Tisch. »Ja, ich merkte es recht gut«, sagte Bai, »was los war. Aber ich dachte, laß ihm das Vergnügen, dachte ich – und ihr auch ...«

»Ja, ein verteufeltes Mädchen ... Sie hat bei Gott eine forsche Büste – und schmiegt sich brillant an beim Tanzen, Bai, legt sich direkt an.«

»Was, zum Teufel, soll sie machen – das arme Mädel?« sagte Bai und leerte sein Glas.

»Aber was ist *sie* für ein Mädchen?« fragte der Leutnant. Er meinte Fräulein Agnes ...

»Nettes Mädel«, sagte Bai, »aber da ist nichts zu machen«, sagte er, »eine Freundin meiner Frau.«

»Ach so«, sagte der Leutnant. »Ja, ich dachte es mir: eine Plaudertasche – kenne die Sorte...«

Die Konversation ging mehr ins allgemeine über.

»Diese Landmädchen im ganzen genommen«, meinte der Leutnant, »sind recht schön – ich meine... Aber – sehen Sie, Bai – keine *Bildung*... Nein, Stadtmädchen – wissen Sie – das ist etwas ganz anderes...«

Der Leutnant hatte »etwas gefunden«...

»Sehen Sie – man wohnt ja in dem Viertel... Dort haben sie ja das *Schloß* gebaut – man muß ja dort wohnen... So recht mitten drin!«

»Aber was sind das für Mädchen?« fragte Bai.

»Forsche kleine Mädchen – bei Gott, kecke kleine Mädchen...«

»Ja – ich weiß es ja nicht..., man ist ja ein verheirateter Mann, Leutnant... Schaugerichte, wissen Sie, Schaugerichte – wenn man auch mal ein paar Tage drüben ist... Schaugerichte«, wiederholte er noch einmal.

»Glauben Sie mir, forsche Mädels«, sagte der Leutnant, »gebildete Mädchen...«

»Es wird doch immer gesagt, sie gehen nach Rußland...«

»Ja, das sagt man...«

Pastor Linde trat ein. »Na – Sie sitzen hier, Bai«, sagte er, indem er durch das Zimmer ging.

»Ja, Herr Pastor, wir sitzen hier und philosophieren ein bißchen – in aller Stille . . ., bei einer gestohlenen Flasche Bier . . .«

»O bitte sehr, ja, hier ist es gemütlich.« Der Pastor drehte sich in der Tür um. »Drinnen spielen sie Pfänderspiele«, sagte er.

Bai und der Leutnant gingen hinein zum Pfänderspiel.

Sie waren gerade dabei, in den Brunnen zu fallen.

Der kleine Student mit der »echtesten Frucht« kniete vor Katinka.

»Jetzt wird geküßt«, rief Fräulein Agnes.

Katinka reichte ihre Wange hin, damit die »Frucht« sie küssen könne. Er war ganz rot im Gesicht und kam nur dazu, ihr die Nase zu küssen.

Katinka lachte und klatschte in die Hände. »Ich falle, ich falle . . . vor Huus«, sagte sie.

Huus kam hin zu ihr und beugte sich hinab. Er küßtc sie aufs Haar.

»Ich falle vor Fräulein Jensen«, sagte er, seine Stimme schlug über, als ob sie heiser sei.

Fräulein Jensen dachte noch an den Kuß, als sie daheim ins Bett zu Bel-Ami gekommen war.

Katinka stützte sich in Gedanken etwas auf den radikalen Studenten.

Die Gäste waren fort.

Fräulein Agnes stand im Saal und sah sich auf der Walstatt um. Es stand kein Ding an seinem Platz;

Gläser standen in den Ecken auf dem Boden, und die Puddingteller hatte man auf den Bücherschrank gestellt.

»Puh!« sagte sie und setzte sich, »das sieht aus wie das Vorzimmer eines gewissen Mannes.«

Pastor Andersen war eingetreten. »Nun«, sagte sie, »ja, Sie sind heute abend wirklich sehr nett gewesen.«

»Fräulein Agnes, macht es Ihnen Spaß?«

»Nein.«

»Weshalb tun Sie es denn?«

»Das will ich Ihnen sagen, weil die andern sich amüsieren... Aber Sie wollen immer allein Spektakel machen. Helfen Sie mir jetzt«, fuhr sie fort, »daß wir hier etwas Ordnung machen...« Sie begann die Möbel auf ihre Plätze zu stellen.

»Ich gehe nicht mehr mit Ida aus, Mutter«, sagte Louise, die Älteste, »ich tue es nicht, sage ich dir – das ist ein Skandal vor allen Menschen.«

»Weil man *dich* sitzenläßt. Ich sollte dir wohl Gesellschaft leisten – nicht wahr?«

Die Witwe mischte sich nie in die Streitigkeiten. Sie wußte, das gehörte dazu, während die Papilloten ins Haar gewickelt wurden. Sie ging still umher und legte die Sachen der Küken zusammen.

»Man wird verdammt müde von all den vielen Festen«, sagte Bai. Er war ganz steif in den Beinen beim Gehen.

Katinka antwortete nicht. Schweigend gingen sie heimwärts.

III

Es war Frühling geworden.

Am Nachmittag holte die Pfarrerstochter Katinka ab, und sie gingen zum Flusse hinunter. Am Ufer, unter ein paar Weiden dicht an der Eisenbahnbrücke, hatte der kleine Bentzen eine Bank aufgeschlagen. Dort saßen sie und arbeiteten, bis der Nachmittagszug kam. Die Kondukteure der Strecke kannten sie und grüßten.

»Das beste wäre, fortzureisen«, sagte Agnes Linde und sah dem Zuge nach. »Ich denke jeden Tag daran.«

»Oh – aber – Agnes...«

»Ja, das wäre das beste – für uns beide – entweder er oder ich... fortzugehen.«

Und sie sprachen zum tausendstenmal über dasselbe Thema.

Es war eines Tages mitten im Winter. Agnes Linde und der Kaplan kamen vom Teiche, wo sie Schlittschuh gelaufen waren, vorüber, und da mußte der Kaplan mit einem Briefe zur Station und kam mit Bai ins Gespräch.

Agnes kam in die Wohnstube, die Schlittschuhe überm Arm. Sie war sehr kurz angebunden und sagte nur »Ja« und »Nein« zu allem, was Katinka fragte... Sie hatte dann eine Weile am Fenster gestanden und hinausgeschaut, als sie plötzlich zu weinen begann.

»Was haben Sie, Fräulein Linde, sind Sie krank?« fragte Katinka, indem sie zu ihr hintrat und den Arm um sie legte. »Was haben Sie denn?«

Agnes Linde kämpfte mit dem Weinen, aber es wurde immer heftiger. Sie schob Katinkas Arm fort.

»Lassen Sie mich hier eintreten«, sagte sie und ging auf das Schlafzimmer zu.

Dort drinnen warf sie sich auf das Bett und erzählte Katinka alles in einem Zuge, wie sie Andersen liebe und daß er nur mit ihr spiele und daß sie es nicht länger ertragen könne.

Von dem Tage an war Katinka die Vertraute der Pfarrerstochter.

Katinka war gewohnt »Vertraute« zu sein. Sie war es auch daheim als junges Mädchen stets gewesen. Zu ihr kamen alle blutenden Herzen. Es lag wohl an ihrem stillen Wesen und daran, daß sie selber nie viel sagte. Sie eignete sich dazu, andern zuzuhören.

Die Pfarrerstochter kam fast jeden Tag und blieb stundenlang bei Katinka. Es war immer und immer dasselbe: ihre Liebe und er. Und jeden Tag erzählte sie als etwas Neues, was schon tausendmal gesagt worden war.

Wenn sie so drei, vier Stunden dagesessen und erzählt und schließlich geweint hatte, packte Agnes ihre Arbeit zusammen. »Ja, wir sind wirklich ein paar nette Hühner«, sagte sie zum Schluß.

Jetzt, als der Frühling gekommen war, saßen sie unten am Fluß.

Agnes sprach, und Katinka hörte zu. Sie saß da, die Hände im Schoß, und blickte über die Wiesen hin. Die Luft verschleierte sich, und die Niederung sah aus wie ein großer blauer See. Man sah nicht, was Wasser und was Himmel war, alles war nur ein dämmeriges Blau – mit den Weidengruppen als Inseln im Meer.

Agnes erzählte von der ersten Zeit, als sie aus Kopenhagen nach Hause kam und Andersen traf. Es waren Monate vergangen, und sie wußte selbst nicht, daß sie ihn liebhatte.

Katinka hörte und hörte auch nicht. Sie kannte das Thema und nickte schweigend.

Aber sie bekam nach und nach ihren Anteil an dieser fremden Liebe. Sie kanntc sic mit all ihren Gemütsbewegungen. Sie teilte diese, als seien es ihre eigenen. Es wurde ja nie von etwas anderem gesprochen.

Und alle Worte der Liebe fanden eine Heimstätte bei ihr. Ihre Gedanken wurden mit allem vertraut, was es an Liebe gab – bei den beiden fremden Menschen.

Wenn sie Agnes Linde ein Stück Wegs begleitet hatte und zurückgekehrt war, konnte sie halbe Stunden in der Holunderlaube im Garten sitzen, und alle diese Liebesworte schwebten gleichsam in der Luft um sie herum, und sie hörte sie wieder und dachte darüber nach.

Es lag in ihrer stillen, etwas lässigen Natur, daß Worte und Gedanken, mit denen sie nun einmal vertraut geworden war, unaufhörlich in ihr lebendig waren.

Und sie *spannen* sie ein. Und wurden zu Träumen, die sie weit fortführten, sie wußte kaum wohin.

Es war in der letzten Zeit auch stiller bei ihnen gewesen. Huus kam jetzt im Frühling nicht mehr so oft. Es sei so viel zu tun, sagte er.

Wenn er kam, war er auch so sehr ungleich in seiner Stimmung.

Es schien sehr oft, als sähe er gar nicht, wie froh Katinka bei seinem Anblick wurde, und er sprach fast ausschließlich mit Bai, obgleich Katinka ihm so viel zu sagen und zu fragen hatte.

Gerade jetzt im Frühling, wo überall so viel einzurichten und zu ändern war . . .

Fehlen tat ihm etwas, vielleicht war er auch auf dem Gut bei Kiær nicht zufrieden; man sagte, es sei schwer, bei Kiær zu arbeiten.

Übrigens litt sie auch selbst mitunter an Schwermut.

Das kam vielleicht daher, daß sie zuwenig schlief.

Sie blieb des Abends im Zimmer, während Bai sich auszog. Er ging immer so lange halbnackt umher und saß auf der Bettkante und redete und wurde niemals fertig.

Es war Katinka so langweilig, daß er nie zur Ruhe kam und Schluß machte.

»Und wenn sie selbst zu Bett gegangen war und im Dunkeln neben Bai lag, der fest schlief, konnte sie nicht einschlafen. Sie fühlte ein Unbehagen, daß sie wieder aufstand und ins Wohnzimmer ging. Dort saß sie dann am Fenster. Der Nachtzug sauste vorbei, und die große Stille lag wieder über den Feldern. Nicht ein Laut, nicht ein Windhauch in der Sommernacht. Der erste graue Schimmer des Tages kam, und eine kalte, feuchte Luft stieg aus den Wiesen auf.

Und es wurde heller und heller, während die Lerchen zu singen begannen.

Huus liebte es so sehr, es Morgen werden zu sehen, sagte er.

Er hatte erzählt, wie es in den Bergen sei, wenn es Morgen würde. Es sei wie ein mächtiges goldigrotes Meer, sagte er, halb wie Gold und halb wie Rosen – um alle Gipfel. Und die Gipfel schwämmen wie Inseln in dem großen Meer...

Und dann, nach und nach, sagte er, stehen alle Bergspitzen im Feuer...

Und dann kommt die Sonne.

Steigt empor.

Und fegt das Dunkel aus den Tälern wie mit einem großen Flügel.

Er erzählte jetzt oft so etwas, irgend etwas von seiner Reise.

Er sprach im ganzen jetzt mehr – *wenn* er überhaupt sprach.

...Es wurde ganz hell, und Katinka saß noch am Fenster. Aber sie mußte wohl jetzt zur Ruhe gehen.

Die Luft im Schlafzimmer war dumpf, und Bai hatte die Decke abgeworfen.

Wenn Huus des Abends kam, saßen sie meist in der Holunderlaube.

Sie sahen den Achtuhrzug abfahren. Ein vereinzelter Bauer irrte über den Perron und grüßte sie, wenn er vorüberging und heimwärts schlenderte.

Dann gingen sie in den Garten hinab. Die Kirschbäume standen in Blüte. Die weißen Blätter glitten wie ein hellglitzernder Regen durch die Sommerluft auf den Rasenplatz nieder.

Sie saßen still nebeneinander und blickten auf die weißen Bäume. Es war, als ob das weiche Schweigen des Abends, das über der Ebene lag, alle Gegenstände umhüllte. Oben im Dorf hörte man, wie ein Tor zugeschlagen wurde. Das Vieh brüllte über die Felder hin.

Katinka sprach von ihrem Elternhaus.

Von den Freundinnen und den Brüdern und dem alten Haus, das voll von Tauben war.

»Und später – in der neuen Wohnung – mit der Mutter – als der Vater tot war...

Ja, das war eine glückliche Zeit...

Aber dann verheiratete ich mich ja.«

Huus sah auf den weichen Schnee der Blüten, der so lind auf das Gras fiel.

»Thora Berg, wie die lustig war... Abends, wenn sie aus der Gesellschaft kam – die ganze Garnison hinter sich her – und Sand an alle Fensterscheiben der Stadt warf.«

Katinka schwieg eine Weile.

»Sie ist jetzt auch verheiratet«, sagte sie. »Mehrere Kinder soll sie haben.«

Auf dem Wege draußen ging ein Mann vorüber. »Guten Abend!« rief er über die Hecke.

»Guten Abend, Kristen Peder!«

»Guten Abend!« sagte Katinka.

»Hm«, sagte Katinka nach einer Weile, »ich sah sie zuletzt auf meiner Hochzeit. Sie sangen, die jungen Mädchen, sie standen vor der Orgel oben auf dcm Chor... Ich sehe sie noch – alle diese Gesichter – alle... Oh, wie ich weinte...«

Huus sagte kein Wort, und sein Gesicht konnte sie nicht sehen. Er saß so gebeugt und schien etwas auf der Erde zu untersuchen.

»Es sind bald elf Jahre her«, sagte Katinka.

»Ja, die Zeit vergeht...«

»Wenn man glücklich ist«, sagte Huus, ohne sich zu bewegen.

Katinka hörte es anfangs nicht, und dann war es, als ob die Worte sie plötzlich einholten.

»Ja«, sagte sie und zuckte leicht zusammen.

Und nach einer Weile: »Hier hat man ja sein Heim.«

Sie saßen wieder schweigend da.

Bai kam in den Garten. Man konnte ihn schon von weitem hören. Er machte immer so viel Lärm – und bisher war es so still in der Dämmerung gewesen.

»Ich hole Gläser«, sagte Katinka.

»Ja, ein herrlicher Abend«, bemerkte Bai, »ein herrlicher Abend im Freien...«

Katinka kam mit Gläsern und Flaschen zurück.

»Ich habe Besuch gehabt«, sagte Bai.

»Von wem?«

»Von Fräulein Ida. Sie reist jetzt...«

»Wie, Ida?«

»Ja«, Bai lachte, »Fräulein Louise ist wohl aufgegeben... Jetzt setzen sie alle Segel auf die leichtere Schute. Sie bleibt den ganzen Sommer fort.

Nun ja – wenn es doch nur der einen glückte!« Bai saß eine Weile schweigend da. »Ja – zum Teufel – so ein Mädel muß doch heiraten...«

Bai erging sich oft des längeren über Heiraten und Ehen. Er war eine Art Philosoph auf diesem Gebiet.

»Ich ging zur Eisenbahn«, sagte er. »Glauben Sie, daß ich das aus Neigung tat? Aber als Leutnant konnte ich nicht heiraten... So ist es – es gibt ja keinen Pardon – die Mädchen *wollen* ja vor den Altar.

Und so geht es dann – man sieht es ja –, sie leben sich zusammen ein. Sie haben Haus und Hof, und dann kommen Kinder... bei den meisten«, schloß Bai mit einem leichten Seufzer.

Sie saßen schweigend da; es war unter dem Holunder ganz dunkel geworden.

Der Juni ging zu Ende.

»Die schöne Frau ist so bleich«, sagte Agnes Linde, wenn sie auf die Station kam.

»Ja – ich kann wohl die Hitze nicht vertragen«, erwiderte Katinka. Es war, als habe sie eine Unruhe im Blut, und fortwährend nahm sie etwas anderes vor und gab es auf und ging ab und zu.

Am liebsten saß sie mit Agnes am Fluß. Sie blickte über die Wiesen hin und hörte stets dasselbe.

Agnes Linde bekam so eine ganz andere und sanfte Stimme, wenn sie von ihm – »der Mann« nannte sie ihn – sprach.

Katinka saß und blickte sie an, wenn sie so mit gebeugtem Kopf und lächelnd dasaß.

»Und dann weint man«, sagte Agnes, »weil es so ist, wie es ist – und es ist vielleicht das Beste, was man je erlebt.«

»Ja«, sagte Katinka und sah sie unverwandt an.

Wenn Agnes Linde nicht zu ihr kam, ging Katinka ins Pfarrhaus. Sie sehnte sich förmlich, Agnes sprechen zu hören. Und dann sah sie auch Andersen. Sie sah sie beisammen, Agnes und ihn.

Sie stand dabei, wenn sie auf dem großen Rasenplatz Krocket spielten, sie stand da und sah sie an – diese beiden, *die einander liebten*.

Neugierig hörte sie ihnen zu und sah sie an – fast wie ein großes Wunder.

Und eines Tages weinte sie, als sie nach Hause ging.

Huus kam jetzt so unregelmäßig. Bald kam er zweimal des Tages und hatte sich kaum in die Laube gesetzt, als er auch schon wieder aufs Pferd mußte. Bald vergingen halbe Wochen, wo sie ihn auf der Station gar nicht zu Gesicht bekamen.

Man sei in der Heuernte, sagte er.

Das Heu war gemäht und stand jetzt in Haufen auf den Wiesen. Die ganze Luft war von würzigem Duft erfüllt.

Eines Abends war Huus gut gelaunt und schlug vor, eine »Waldpartie nach dem großen Jahrmarkt« zu machen. Man könne im Wagen hinfahren, erst im Walde rasten und dann alle Herrlichkeiten des Marktes beschauen.

Bai war einverstanden, und die Partie wurde verabredet. Man wollte früh am Morgen fahren, wenn es noch kühl war, und erst in der nächsten Nacht oder des Morgens heimkehren.

Nur Bais und Huus.

Katinka hatte den ganzen Tag mit Vorbereitungen zu tun.

Sie studierte das Kochbuch und machte die Nacht über Pläne und fuhr selbst in die Stadt, um einzukaufen.

Huus kam, um die Post zu holen, gerade, als der Zug abfuhr.

»Huus!« rief sie aus dem Kupee.

»Aber wo wollen Sie hin?« rief er.

»Einkaufen – Marie ist mit.« Und sie zog Marie ans Fenster, um ihm ihr Gesicht zu zeigen. »Adieu!«

»Hm«, sagte Bai, »Katinka ist rein verdreht. Sie kocht und brät zu dieser Fahrt, als ob sie uns für die Cholera präparieren wollte...«

In der Stadt hatte man begonnen, ringsumher in den Straßen Zelte aufzuschlagen; oben auf dem Marktplatz standen die Karussellpferde in einer Reihe an der Kirchenmauer. Katinka ging zwischen den Marktleuten umher, die hämmerten und klopften, und beschaute alles. Sie starrte die Kasten an und geriet in Erstaunen über jedes Stück Segeltuch, das aufgespannt wurde.

»Will das kleine Fräulein nicht ein bißchen aus dem Wege gehen!«

Sie mußte über Bretter und Stricke springen.

»Sie nennen mich Fräulein«, sagte sie.

»Marie, wenn nur das Wetter sich halten wollte!«

Sie gingen durch die Straßen zum Lustwäldchen. Dort hielt der Wagen einer Artistengesellschaft. Die Männer schliefen am Grabenrande, die Frau wusch Trikots in einer Wanne auf der niedergelassenen

Treppe. Drei Paar weiße Unaussprechliche hingen von einer Schnur langgestreckt herab und wehten.

Katinka guckte neugierig die Frau und die Männer im Graben an.

»Wünschen Sie etwas?« rief die Frau mit fremdem Akzent.

»Ach je«, rief Katinka. Sie wurde ganz ängstlich und lief ein Stück davon.

»Das war die Riesendame«, sagte sie.

Sie gingen weiter den Weg entlang. Am Rande des Waldes legten Zimmerleute einen Tanzboden. Es war kühl dort unter den Bäumen nach dem sonnigen Weg. Katinka setzte sich auf eine Bank.

»Hier werden wir tanzen«, sagte sie.

»Ja, er muß schön tanzen, Herr Huus«, sagte Marie. Sie war in fortwährender treuer Bewunderung dieses Mannes. Sein Bild stand im Samtrahmen auf der Kommode, und eine alte Visitenkarte mit seinem Namen lag als Lesezeichen im Gesangbuch. Peter, der Bahnarbeiter, besorgte das Handgreiflichere.

Katinka antwortete nicht. Sie schaute unablässig die arbeitenden Leute an.

»Wenn nur das Wetter sich halten wollte«, sagte sie zu einem von ihnen.

»Ja«, sagte er und sah zu den Bäumen empor – den Himmel sah er nicht –, während er sich den Schweiß mit dem Ärmel abwischte, »darauf kommt es an.«

Katinka und Marie gingen zurück. Es war hohe

Zeit. Sie kamen über den Markt; die Abendglocken läuteten vom Turm auf den Lärm des Marktes herab.

Am letzten Tage buken sie. Katinka hatte die Ärmel aufgestreift und knetete, daß ihr Haar mit Mehl bepudert war wie bei einem Müller.

»Niemand kommt herein – niemand kommt herein«, rief Katinka – es klopfte an der verschlossenen Tür.

Katinka dachte, es sei Huus.

»Ich bin es«, rief Agnes Linde. »Was geht hier vor?«

Sie kam herein und half beim Backen. Es war eine Sandtorte, die bis ins Unendliche gerührt werden mußte.

»Die ist für Huus«, sagte Katinka, »das Leckermaul will eine Sandtorte haben.«

Agnes Linde rührte, daß der Teig Blasen warf. »Ja, die Männer müssen auch Sandtorte haben«, sagte sie.

Katinka nahm die Kuchenplatte aus dem Ofen. »Kosten Sie mal«, sagte sie. »Sie sind glühend heiß.« Sie war von der Ofenhitze rot wie ein Kupferkessel.

Fräulein Jensen und Louise, die Älteste, kamen zum Nachmittagszuge zur Station. War das ein Klopfen und Parlamentieren vor dem Küchenfenster!

»Weiß Gott, das haben sie gerochen!« sagte Agnes Linde. Sie ließ die Arme müde heruntersinken und saß sehr ungraziös mit der Teigschüssel zwischen ihren gespreizten Beinen.

Marie brachte einen Teller zum Kosten auf den Perron hinaus.

Louise sprang vor Freude auf die Perronbank, so daß ein paar Handlungsreisende im Zuge ein bedeutendes Stück von ihrer Schönheit sahen.

Als der Zug abgefahren war, wurden in der Küche die Fenster geöffnet. Louise, die Älteste, und die kleine Jensen knabberten draußen auf der Bank.

»Wie köstlich sie Ihnen geraten sind, Frau Bai – ausgezeichnet.«

»Ja, Frau Bai versteht sich auf die Wirtschaft!« sagte Fräulein Jensen.

»Jetzt geht die Mühle wieder«, sagte Katinka drinnen in der Küche. Sie fing von neuem an zu rühren.

Bai öffnete das Bürofenster über der Perronbank.

»Ach ja«, sagte er »und *ich* sitze hier mit trocknem Munde.«

»Wollen Sie was abhaben, Herr Bai?« fragte Louise. »Mögen Sie auch gern Süßes?«

»Wenn mir jemand etwas gönnen will!« sagte Bai im Klubton.

Es entstand ein Lärmen und ein Kreischen auf dem Perron.

»Was ist da los?« rief Agnes aus der Küche.

»Wir füttern den Vogel«, sagte Louise, die Älteste. Sie war mit ihrer Schönheit auf die Bank gesprungen und steckte Bai Kuchen in den Mund.

»Pfui! Er beißt«, rief sie.

Bei solchen Gelegenheiten pflegte Frau Abel zu

sagen: »Sie bleiben ja ewig die reinen Kinder – wenn man nichts von der Welt kennt…«

Louise, die Älteste, brachte den leeren Teller zurück. Die Krümel tippte sie mit den Fingerspitzen auf. Fräulein Abels waren stets so: sie ließen nichts umkommen.

Sie stand am Küchenfenster und sah hinein. »Das hätte Mutter wissen sollen«, sagte sie liebenswürdig.

»Na, sie hat es also nicht gerochen«, sagte Agnes, über die Sandtorte gebeugt.

Louise, die Älteste, bekam eine Tüte mit Kuchen durch das Fenster gereicht. Das sei etwas Rechtes zum Aufheben, sagte sie, als sie mit der kleinen Jensen auf dem Heimweg war.

Sie und Fräulein Jensen hatten die Kuchen verschlungen, noch ehe sie den Wald erreicht hatten. Louise, die Älteste, warf das Papier fort.

»Ach mcin Gott, Louischen…, Fräulein Linde mit ihren scharfen Augen… Sie könnte es sehen…«

Fräulein Jensen nahm das Papier auf. Unten in der Tasche wickelte sie es leise um drei Kuchen für Bel-Ami.

Katinka wurde müde. Sie saß mit den aufgestreiften Ärmeln auf dem Fleischblock und sah ihr Werk an. »Aber das ist nichts gegen zu Hause – wenn wir zu Weihnachten buken.«

Sie erzählte, wie sie buken – ihre Mutter und die

Schwestern und das ganze Haus... Sie formten Schweinchen aus Spritzkuchenteig: Bums – und dann barsten sie, wenn sie ins Fett getan wurden.

Und die Brüder, die stahlen so, daß die Mutter mit dem großen Löffel den Pfefferkuchenteig in der großen irdenen Schüssel schützen mußte, und wenn sie Mandeln schälten, dann stahlen sie, daß keine fünfzig Stück auf ein Pfund blieben...

Es klopfte an die Tür. Es war Huus.

»Hier darf niemand herein«, sagte Katinka an der Tür. »In einer Stunde..., kommen Sie in einer Stunde wieder.«

Huus erschien draußen vor dem Fenster.

»Sie können im Garten warten«, sagte Katinka. Sie beeilte sich nun, fertig zu werden, und schickte Agnes hinaus, um Huus Gesellschaft zu leisten.

Agnes blieb wohl eine halbe Stunde, dann ging sie.

»Verwalter Huus ist leicht zu unterhalten«, sagte sie zu Andersen, »er verlangt nur, daß man stillschweigt, damit er in Ruhe pfeifen kann.«

»Wo ist Agnes?« fragte Katinka, als sie in den Garten hinauskam.

»Sie ist, glaube ich, fortgegangen.«

»Aber wann?«

»Vielleicht vor einer Stunde...«

Huus begann zu lachen. »Fräulein Linde und ich haben einander sehr gern«, sagte er. »Aber wir haben uns nicht gerade viel zu sagen.«

»Wir müssen einpacken«, sagte Katinka.

Sie gingen hinein und begannen den großen Korb zu packen. Sie stopften Heu zwischen die Kruken, damit sie feststünden. »Fester«, sagte Katinka, »fester!« und drückte auf Huus' Hände.

Sie öffnete den Sekretär und nahm Löffel und Gabeln aus dem Silberfach.

»Und dann will ich den Fächer mitnehmen!« sagte sie. Sie begann zu suchen.

»Ah – der liegt in der Schublade.«

Es war die Schublade mit den Kotillonschachteln und dem Brautschleier. Sie öffnete den Kasten mit den alten Bandschleifen. »Sehen Sie«, sagte sie, »all der alte Kram.«

Sie griff mit der Hand in die Schachtel und wühlte Bänder und Orden durcheinander. »Der alte Kram!«

Sie suchte wieder nach dem Fächer. »Oh, halten sie meinen Schleier«, sagte sie. Sie legte den Brautschleier und einen echten Schal auf Huus' Arm. »Da ist er«, sagte sie. Der Fächer lag auf dem Boden der Schublade.

»Und hier das Tuch von Ihnen.« Es lag an einer Seite in Seidenpapier eingepackt. Sie nahm es heraus.

Huus hatte den vergilbten Brautschleier zerdrückt, daß Spuren davon im Tüll zu sehen waren.

Der Abendzug kam, und sie traten auf den Perron hinaus.

»Ja!« sagte der schlanke Zugführer mit den indiskreten Unaussprechlichen, »den Zug in diesen Ferientagen zu fahren…, dreißig Minuten Verspätung…«

»Auf der nächsten Station steht ein Zug«, sagte Bai. Katinka sah auf die Wagenreihe. Es zeigte sich ein schweißtriefender Kopf an jedem Fenster.

»Ja«, sagte sie, »daß die Leute reisen mögen.« Der Zugführer fing an zu lachen.

»Ja«, sagte er, »dazu sind die Eisenbahnen ja da.« Er reichte ihr zwei Finger und sprang auf den Wagentritt.

Der Zug fuhr ab. Der junge Zugführer blieb vornübergebeugt stehen, lachte und nickte.

Katinka winkte mit dem blauen Schal, und aus allen Kupeefenstern wurde plötzlich von den Ferienreisenden gewinkt und genickt, sie lachten und wurden vergnügt und grüßten.

Katinka rief und winkte mit dem ganzen Schal; und aus dem Zuge antworteten sie, solange sie sehen konnten.

Nach dem Tee fuhr Huus nach Hause. Er wollte am nächsten Morgen um sechs auf der Station sein.

Katinka stand im Garten hinter der Hecke und rief:

»Heimchen, Heimchen, fliege!
Heimchen, Heimchen, fliege,
und bring uns schönes Wetter…«

Der Duft der Bäume im Wäldchen strömte ihr entgegen. Sie lächelte und sah in die blaue Luft hinein.

Himmel – das Blau steht der kleinen Frau prächtig, dachte der Zugführer mit den Auffälligen. Er hatte immer offene Augen für alles, was an der Strecke geschah.

»Wir müssen um fünf aufstehen«, rief Bai in die Küche hinein.

»Ja, ja, Bai, jetzt komme ich.« Katinka kratzte etwas Schwarz von der Sandtorte. »Ich muß doch alles fertig machen . . .«

Sie packte die Sandtorte ein und sah ein letztes Mal nach dem Korbe. Sie öffnete die Tür nach dem Hof und blickte hinaus. Oben gurrten die Tauben. Das war der einzige Laut.

Am Himmel gegen Westen verschwand das letzte blasse Rot. Der Fluß schlängelte sich zwischen den dampfenden Wiesen dahin.

Wic sie dies Fleckchen Erde liebte . . .

Sie schloß die Tür und ging hinein.

Bai hatte seine Uhr neben das brennende Licht vor dem Bett gelegt. Er wollte kontrollieren, wann sie fertig getrödelt hätte.

Aber er war darüber eingeschlafen und lag schwitzend da und schnarchte beim Schein des Lichts.

Katinka löschte es leise und zog sich im Dunkeln aus.

Katinka war im Garten, als der Wagen kam. Ihr blaues Kleid war schon bei der Wegbiegung sichtbar.

»Guten Morgen, guten Morgen..., Sie bringen gutes Wetter mit.«

Sie lief auf den Perron. »Er ist da!« rief sie. »Die Körbe, Marie...«

Bai zeigte sich in Hemdsärmeln am Fenster des Schlafzimmers. »Guten Morgen, Huus, kriegen heute wohl 'nen Sonnenstich, wie?«

»Na, es weht ja etwas«, sagte Huus, der vom Wagen gestiegen war.

Sie banden die Körbe auf den Wagen und tranken auf dem Perron Kaffee. Der kleine Bentzen war so schlaftrunken, daß Bai ihn dreimal auf dem Perron »Sturmlauf« machen ließ, um ihn wach zu bekommen.

Katinka versprach, ihm ein Pfefferkuchenherz mitzubringen, und sie kamen endlich auf den Wagen. Bai wollte fahren und saß auf dem Vordersitz mit Marie, die so gesteift war, daß es knisterte, sobald sie sich nur rührte.

Katinka sah mit ihrem großen weißen Sonnenhut aus wie ein junges Mädchen.

»Vom Krug kommt Essen für Sie«, rief Katinka dem kleinen Bentzen zu.

»Jetzt fahren wir«, sagte Bai. Der kleine Bentzen lief in den Garten und wedelte und winkte.

Sie fuhren eine Strecke auf einem Nebenwege über die Felder. Es war noch kühl, ein munterer

Sommerwind; der Klee und das feuchte Gras dufteten.

»Wie ist das frisch«, sagte Katinka.

»Ja, ein schöner Morgen«, sagte Huus.

»Eine herrliche Luft weht.« Bai trieb die Pferde etwas an.

Man fuhr auf die Chaussee, an Kiærs Feldern vorüber. Die Hütte des Kuhhirten stand auf ihren Rädern mitten unter dem weidenden Vieh. Ein Hund bellte in der Ferne nach einem verlaufenen Rind; die großen Kühe hoben die dicken Hälse und brüllten träge und satt.

Katinka schaute über das grüne Feld mit dem verstreut weidenden glänzenden Vieh, das die Sonne beschien.

»Wie schön das ist!« sagte sie.

»Ja, nicht wahr«, sagte Huus, indem er ihr den Kopf zuwendete. »Schön ist es...«

Katinka und er begannen sich zu unterhalten. Sie sahen alles und freuten sich über dieselben Dinge. Sie hatten stets die Augen auf denselben Gegenstand gerichtet, und dann nickte entweder er oder Katinka.

Bai sprach mit den Pferden wie ein alter Kavallerist.

Es war noch keine Stunde verflossen, als er davon zu sprechen begann, etwas »in den Magen zu bekommen«.

»Die Morgenluft zehrt, du, Tik«, sagte er, »man

muß wirklich ein bißchen was Nahrhaftes zu sich nehmen.«

Katinka konnte jetzt wirklich nicht auspacken – wo wollten sie auch sitzen?

Aber Bai hörte nicht auf, und sie machten auf einem Felde halt, wo der Roggen in Hocken stand.

Einer der Körbe wurde vom Wagen gehoben. Sie setzten sich in eine Hocke dicht am Graben.

Bai aß, als hätte er seit acht Tagen kein Essen gesehen.

»Prost, Huus«, sagte er. »Auf einen angenehmen Tag!«

Sie plauderten, reichten die Töpfe und Schalen herum und aßen.

»Es rutscht gut, Tik«, sagte Bai.

Leute kamen vorüber und schielten zu ihnen hin.

»Mahlzeit!« sagten sie und gingen weiter.

»Prost, Huus! Auf gutes Amüsement!«

»Danke, Frau Bai.«

»Das hat gestärkt«, sagte Bai, und sie saßen wieder auf dem Wagen. »Aber heiß ist es, was, Marie?«

»Ja«, sagte Marie, die vor Hitze glänzte, »heiß ist es.«

»Jetzt kommen wir bald in den Wald«, sagte Huus.

Sie fuhren weiter. Ganz hinten lag der Waldessaum, dunstig blau in der Hitze.

»Spüren Sie, wie die Tannen duften«, sagte Katinka.

Sie erreichten den Waldsaum, und dichte Tannen

warfen lange Schatten über den Weg. Sie atmeten alle auf, aber sie sprachen nicht, während sie langsam durch den Wald fuhren. Die Tannen standen am Wege in langen, geraden Reihen, zwischen denen es dunkel war. Und kein Vogel, kein Gesang, kein Geräusch.

Nur die Insekten hoben sich in großen Schwärmen aus den Tannen ins Licht empor.

Sie kamen wieder aus dem Walde heraus.

»Kolossal feierlich da drinnen – nicht?« unterbrach Bai das Schweigen.

Gegen Mittag erreichten sie den Buchenwald und hielten am Waldhüterhause.

Bai sagte: »Es tut wohl, sich etwas zu recken. Man muß die Beine ausstrecken, Huus«, und er ging hin und setzte sich unter einen Baum zum Schlafen.

Huus half beim Auspacken. »Sie haben eine so leichte Hand, Huus«, sagte Katinka. Marie ging hin und her und wärmte die Kruken in heißem Wasser drinnen in der Küche.

»Das sagte meine Schwiegermutter auch immer«, erwiderte Huus.

»Ihre Schwiegermutter ...?«

»Ja«, sagte Huus, »die Mutter meiner Braut ...«

Katinka entgegnete nichts. Die Messer und Gabeln rasselten aus dem Papier heraus, das sie in der Hand hielt.

»Ja«, sagte Huus, »ich habe nie darüber gesprochen: Ich bin einmal verlobt gewesen.«

»So? – Das wußte ich nicht.«

Katinka legte die Messer herum. Marie kam zurück.

»Wir könnten zum Teich hinabgehen«, sagte Huus.

»Ja, wenn Marie rufen will.« Sie gingen auf einem Steig in den Wald hinein. Der Teich war ein Moorsee mitten im Walde; die Bäume breiteten ihre großen Kronen über das dunkle Wasser.

Sie hatten auf dem Wege nicht gesprochen. Jetzt saßen sie auf einer Bank vor dem See nebeneinander.

»Nein«, sagte Huus, »ich habe noch nie davon gesprochen.«

Katinka blickte schweigend über das Wasser hin.

»Meine Mutter«, fuhr er fort, »wünschte es so sehr ..., der Zukunft wegen.«

»Ja«, sagte Katinka.

»Und so kam es denn zustande ..., ein ganzes Jahr ..., bis sie die Verlobung aufhob.«

Huus sprach diese Worte abgebrochen, mit langen Pausen, gleichsam verschämt oder erzürnt.

»So geht es«, begann er wieder, »mit Verlobungen und Ehen.«

Ein Vogel ließ seine Triller im Walde ertönen. Katinka hörte jeden Ton in der Stille.

»Und dann ist man obendrein feig und macht sich nicht los«, sagte Huus wieder, »so recht jämmerlich feig ..., Tag für Tag.«

»Ich konnte mich nicht entschließen«, seine Stimme war sehr leise, »bis sie ein Ende machte. Weil *sie* mich liebte.«

Katinka legte ihre Hand leise liebkosend auf die seine, die er fest auf die Bank stützte.

»Armer Huus«, sagte sie nur und streichelte seine Hand, leise und besänftigend: der Ärmste, was mag er gelitten haben.

Sie saßen nahe beieinander. Die Mittagshitze brütete über dem Wasser des kleinen Sees. Mücken und Fliegen summten in Schwärmen.

Sie sprachen nicht mehr. Maries Ruf weckte sie.

»Wir werden gerufen«, sagte Katinka.

Sie erhoben sich und gingen schweigend den Pfad zurück.

Sie waren alle sehr lustig bei Tisch. Zum Schluß tranken sie alten Aalborger Portwein zur Sandtorte.

Bai saß in Hemdsärmeln da und sagte jeden Augenblick: »Ja, Kinder, hier ist es wirklich herrlich im grünen dänischen Wald.«

Er bekam einen Anfall von Zärtlichkeit und wollte Katinka durchaus auf den Schoß nehmen. Sie riß sich los. »Aber, Bai!« sagte sie, wobei sie bald blaß, bald rot wurde.

»Man geniert sich wohl vor den Fremden?« sagte Bai.

Es trat eine Stille ein. Katinka begann die Körbe wieder einzupacken, und Huus erhob sich.

»Ja«, sagte Bai, »wenn wir jetzt einen Spaziergang

nach dem Essen machten...« Er zog seinen Rock an. »Man muß doch was für die Verdauung tun.«

»Ja«, sagte Katinka, »ihr könnt ein bißchen gehen, während ich einpacke.«

Huus und Bai gingen den Weg entlang. Bai ging mit dem Hut in der Hand und war warm von der Hitze und dem alten Portwein.

»Sehen Sie, Huus, das nennt man Ehe, Freundchen!« sagte er. »So ist es und nicht anders.

Es nützt wirklich nichts – was sie alles zusammenschreiben und was man aus der ›Mappe‹ in sich hineinfüllt über die Ehe und die Keuschheit und was es sonst noch ist – und die Treue – und ›die Forderungen‹, die sie alle an den Fingern herzählen können, wie der alte Linde sein ›Vaterunser‹... Das ist ja alles ganz gut *gesagt*, und es klingt ja auch ganz nett – und gibt den Leuten etwas, worüber sie schreiben können. Aber sehen Sie, das berührt nicht die *Sache*, Huus...«

Er hielt inne und fuchtelte mit seinem Strohhut vor Huus hin und her.

»Sie haben es ja gesehen: ich hatte Lust – und Katinka wollte nicht... Schöner Sommertag, wo man im Grünen gut gegessen hat, und trotzdem – nicht mal einen Kuß. So ist es mit den Frauenzimmern... Man weiß nie, wie ihnen der Kopf steht. Sie haben es so mit *Perioden*, Huus... Unter uns gesagt«, Bai schüttelte den Kopf, »es ist oft verteufelt schwer für einen Mann in seinen kräftigsten Jahren...«

Huus schlug die Brennesseln mit seinem Stock ab. Er schwang ihn, daß sie knickten, als würden sie gemäht.

»Ja – *das* ist die Sache«, sagte Bai, der eine ganze Weile nachdenklich dreingeschaut hatte..., »aber *darüber* sprechen sie nicht in der ›Mappe‹. Aber wir Ehemänner unter uns, wir wissen, wo der Schuh drückt.«

Sie hörten Katinka rufen, und Huus antwortete mit einem »Hallo!«, das laut durch den Wald schallte.

Katinka war wieder heiter; sie müßten wohl jetzt unter den Bäumen Mittagsschlaf halten, sagte sie. Sie wisse einen Platz, einen herrlichen Platz unter einer Eiche – und sie ging voraus, um ihn zu suchen.

Huus ging ihr nach. Er rief »Kuckuck!«, daß es zwischen den Bäumen widerhallte. Bai hörte ihn lachen und jodeln.

»Ja«, sagte er, »er kann wohl lachen – er steht außerhalb.«

Etwas später schlief Bai unter der großen Eiche, die Nase in die Luft und den Hut auf dem Magen.

»Jetzt sollten Sie schlafen, Huus«, sagte Katinka.

»Ja-a«, erwiderte Huus, sie saßen jeder auf einer Seite des Eichenstammes.

Katinka hatte den Strohhut abgenommen und lehnte den Kopf gegen den Baum. Sie saß und blickte zur Eiche empor. Ganz, ganz oben in der Krone fielen die Sonnenstrahlen wie sickernde

Goldtropfen in das Grüne hinein... Und die Vögel sangen im Unterholz.

»Wie schön es hier ist«, flüsterte sie und beugte den Kopf vor.

»Ja, hier ist es schön...«, flüsterte Huus zurück. Er saß mit den Armen um seine Knie und starrte in die Krone hinauf. Es war so still. Sie hörten beide Bais Atemzüge; ein summendes Insekt, das sie mit den Blicken bis zum Grün der Krone hinauf verfolgten, und die Vögel, die bald nahe, bald ferner zwitscherten.

»Schlafen Sie?« flüsterte Katinka.

»Ja«, sagte Huus.

Sie schwiegen wieder. Huus lauschte, erhob sich dann vorsichtig und trat vor sie hin: ja – sie schlief. Sie sah aus wie ein Kind, den Kopf zur Seite geneigt und den Mund ein wenig geöffnet zu einem Lächeln im Schlaf.

Huus stand lange da und sah sie an. Dann kehrte er leise auf seinen Platz zurück, und glücklich, die Augen zur Eiche erhoben, lauschte er ihrem Schlaf.

Als Marie sie mit einem lauten »Heida!« zum Kaffee rief, hatte Bai sowohl den Ärger wie den alten Portwein ausgeschlafen.

»Ein Kognak tut gut im Grünen«, sagte er, »ein kleiner guter Kognak im Grünen.«

Zu dem kleinen Kognak konnte Bai wieder ein Stück Sandtorte zu sich nehmen. Bai brauchte viel.

»Herrlicher Kuchen!« sagte er.

»Das ist Huus' Kuchen«, erwiderte Katinka.

»Ja, meinetwegen«, sagte Bai, »wenn wir andern ihn nur verzehren dürfen...«

Nach dem Kaffee fuhren sie weiter. Bai hatte es satt, die Zügel zu halten, und nahm daher Huus' Platz auf dem Hintersitz bei Katinka. Sie waren alle etwas schläfrig – die heiße Sommersonne schien, und staubig war es auch auf dem Wege. Katinka saß da und betrachtete Huus' Nacken, der breit war und tüchtig braun von der Sonne.

Der Hof des Gasthofs stand dicht voller ausgespannter, verlassener Wagen. Frauen und Mädchen, die soeben von den Wagen herabgestiegen waren, schüttelten und glätteten ihre Röcke. Im Gastzimmer waren alle Fenster geöffnet; der heiße Punsch wurde reichlich beim Kartenspiel getrunken. Auf einem fistelstimmigen Klavier vom Tanzsaal her hinter den herabgelassenen Gardinen erscholl fortwährend: »O du mein Waldemar!«

»Das ist eins von Agnes' Stücken«, sagte Katinka.

»Das sind die ›Nachtigallen‹«, rief Bai. »Heute abend müssen wir hinein und sie zwitschern hören.«

Katinka hielt sich dicht an der Saalwand, als sie gingen. Aber man sah nichts.

»Nicht kucken!« sagte Bai. »Entree an der Kasse...«

Drinnen hinter den Gardinen begann eine schrille Frauenstimme »ihren Charles« anzurufen...

»O mein Charles,
du hast mir nicht geschrieben.«

»Ach«, sagte Katinka, indem sie am Fenster stehenblieb und mit dem Kopf nickte, »das ist das Stück – Agnes kann es...«

»Wo du, mein Schatz, geblieben...«

»Komm jetzt, Tik«, sagte Bai. »Geh du mit Huus, ich werde den Weg bahnen, wenn es Gedränge gibt.«

»Aber wir wissen immer nur den ersten Vers«, sagte Katinka, die immer noch lauschte, während sie Huus' Arm nahm.

»Wo du, mein Schatz, geblieben...«, gellte die Stimme da drinnen.

»In den anderen Versen steht gewöhnlich immer nur dasselbe«, meinte Huus.

»Kommt doch!« rief Bai.

Vor dem Hause sang ein hageres Weib von dem Massenmörder Thomas und bearbeitete sein aufgehängtes Konterfei mit einem Rohrstock. Die Zuschauer umstanden sie, schauten recht beklommen drein und stimmten in den Refrain ein, der langgezogen war wie ein Amen in der Kirche.

Die Mädchen gingen Arm in Arm mit ernsten Gesichtern an den Burschen vorüber, die mit Pfeifen im Mund, die Hände in den Hosentaschen, vor den Zelten standen und sich die Mädels anschauten.

Ein Bursche trat vor.

»Guten Tag, Marie«, sagte er. Und Marie reichte ihm die Spitzen ihrer Finger. »Guten Tag, Søren«, erwiderte sie, und die ganze Mädchenreihe blieb stehen und wartete.

Søren stand eine Weile vor Marie und sah erst auf seine Pfeife und dann auf seine Stiefel und sagte endlich: »Adieu, Marie.«

»Adieu, Søren.«

Søren ging zurück zu seinem Kreis, und die Mädchenreihe schloß sich wieder und ging weiter mit zugekniffenem Munde.

»Verdammte Manier«, sagte Bai, »die ganze Straße zu sperren.«

Die Frauen sammelten sich in Haufen und standen mit betrübten Gesichtern da, als ob sie zu einem Begräbnis gingen, und musterten einander. Wenn sie sprachen, flüsterten sie unhörbar, als ob sie den Mund nicht richtig aufmachen könnten. Und wenn sie zwei Worte gesprochen hatten, standen sie wieder schweigend da und sahen still beleidigt aus.

Man kam nicht vorwärts. »Ich gebrauche die Ellenbogen«, sagte Katinka. Jeden Augenblick wurde sie gegen Huus gestoßen.

»Halten Sie sich nur dicht an mich«, sagte Huus.

Man hörte keinen einzigen Laut wegen der schreienden Massenmördersängerin und einiger Leierkasten, die General Bertrands Abschiedslied trübselig mit dem Duett der Ajaxe vermischten. Die Gymnasiasten schoben hin und her und pfiffen auf den Fingern, und träge Bauernjungen bliesen Schreiballons auf und ließen sie schreien, während sie mit unbeweglichen Gesichtern in die Luft starrten.

Die Sonne schien senkrecht auf die Straße hinab und buk Menschen und Honigkuchen.

»Ist das eine Hitze!« sagte Katinka.

»Hier wollen wir Waffeln kaufen«, rief Bai.

»Waffeln, meine Damen, Waffeln – von der braunäugigen Tochter des Südens...«

»Waffeln, Huus, Waffeln«, sagte Katinka. Sie schob sich durch eine Mauer von Mädchen, die die Straße sperrten.

Die Mädchen kreischten. Die Gymnasiasten hatten ihnen die Röcke zusammengenäht.

»Das sind die Jungens vom Gymnasium gewesen«, schrien ein paar Lümmel aus der Bürgerschule; sie benutzten nur Stecknadeln dazu.

Die Mädchen scharten sich zusammen, um sich wieder frei zu machen. »Herrje!« heulten sie. »Herrjemine!« Die Gymnasiasten hatten auf diesen Augenblick gelauert und brachen jetzt wie der Blitz über die Mädchen herein, um sie in die Beine zu kneifen. »Herrje!« heulten sie. Es erhob sich ein großes Gekreisch. Katinka schrie aus Übermut mit.

»Waffeln, meine Damen, Waffeln – von der braunäugigen Tochter des Südens!«

Sie gelangten endlich zu dem Ofen. »Drei Waffeln, mein Herr, holländische, fünfzehn Öre.«

»Bestreue sie, du Braunäugige.«

Die Braunäugige streute mit bloßen Fingern Zukker auf die Waffeln.

»Ja, meine Dame«, sagte der Mann, »sie hat bessere Tage gekannt... Geben Sie ein Trinkgeld« – und er schrie so, daß man es über die ganze Straße hören konnte – »für die braune Tochter des Südens.«

Die Braunäugige rasselte automatisch mit einer Sparbüchse und sah aus, als ob sie weder hören noch sehen könnte.

»Zucker, du Braunäugige!«

Die Finger der Braunäugigen griffen wieder in den Zucker hinein.

Bai, Huus und Katinka gelangten endlich auf den Markt. »Man wird taub«, sagte Katinka, die sich die Ohren zuhielt. Der große Zauberkünstler Le-Tort kämpfte auf einer hohen Tribüne mit zwei Pauken gegen die Musik von drei Karussellen an. Ein weißgeschminkter Pierrot schleppte eine große Trommel vor die größte Arena der Welt.

»Die größte Arena, meine Damen und Herren, die weltberühmte Arena...«

Er machte Musik, indem er sich mit seinem hintersten Körperteil hart auf seine Trommel setzte.

»Miß Flora – Miß Flora auf dem hohen Trapez!«

Sie standen gerade davor. »Miß Flora – die Königin der Luft – meine Herren – zehn Öre...« Der Ausrufer schwang mit seinem rechten Arm eine Alarmglocke.

»Die Königin der Luft – zehn Öre!«

Professor Le-Tort war erbittert. Er schrie von allen Wundern der Welt, daß seine Stimme überschnappte, und er beschloß, gratis ein seidenes Band von fünfhundert Ellen Länge zu fabrizieren... Er begann auf seiner Tribüne aufzustoßen und einen Streifen Seidenpapier aus seinem Hals herauszuziehen, wobei er dunkelrot wurde, als ob er einen Schlaganfall bekäme.

»Die Königin der Luft – für zehn Öre!«

In der größten Arena der Welt stand der Pierrot kopf auf der Trommel und schlug das Trommelfell mit seiner Hirnschale... Die Karusselle drehten sich bei Hörnerklang und Leierkasten...

»Meine Damen – die Königin der Luft... Die Königin der Luft – zehn Öre!«

Brütende Sonne und Honigkuchenduft und ein Hin- und Herstoßen und Lärmen.

»Wie herrlich das ist!« sagte Katinka, wobei sie zu Huus aufschaute und sich wie ein junges Kätzchen in der Wärme krümmte.

»Das ist die Frau«, sagte sie.

»Wer?« fragte Huus.

»Die neulich das Zeug wusch.«

Es war die Königin der Luft, die die Treppe erklomm mit hellroten Beinen in Schnürstiefeln und hin und her watschelndem Hinterteil.

»Miß Flora – die sogenannte Königin der Luft – zehn Öre.«

Die Königin der Luft trug einen Fächer, den sie als Feigenblatt hantierte; sie aß Pflaumen, bevor sie in die Arena treten und das Trapez besteigen sollte.

»Wollen wir hineingehen?« sagte Katinka.

»Tik!« rief Bai. Er wollte die »Schlangendame« sehen. Sie arbeiteten sich durch das Gedränge und kamen an einem Karussell vorüber. Marie fuhr auf einem Löwen, halb auf dem Schoß eines Kavalleristen.

Katinka wollte auch fahren. Bai bedankte sich, er wolle kein Geld ausgeben, um sich seine Eingeweide durcheinanderschütteln zu lassen. Katinka bekam ein Pferd auf der Innenseite neben Huus. Sie begannen zu fahren, erst langsam und dann schneller. Sie nickte zu Bai hinüber und lachte allen Gesichtern zu, die sich rundherum drehten.

»So ein Gewimmel!« sagte sie. Man konnte über alle Köpfe wegsehen.

Sie fuhren zum zweitenmal. »Greifen Sie doch den Ring«, sagte Katinka und beugte sich zu Huus hinüber.

»Nehmen Sie sich doch in acht«, sagte er, indem er sie umfaßte.

Katinka lächelte und beugte sich zurück. Die Gesichter begannen ihr zu verschwimmen, alles erschien ihr als etwas Schwarzes – Schwarz und Weiß – das sich unaufhörlich herumdrehte.

Sie lächelte noch immer, während sie die Augen schloß.

Es war ihr, als ob der Lärm des Marktes, die Musik und die Stimmen und die schmetternden Hörner zu einem Brausen in ihrem Ohr zusammenschmolzen, während alles leise schaukelte.

Sie öffnete die Augen etwas. »Ich sehe nichts«, sagte sie und schloß sie wieder.

Die Glocke ertönte, und das Karussell drehte sich langsamer. »Noch einmal!« sagte sie. Sie fuhren wieder. Huus hatte sich nach innen hinübergebeugt – sie wußte nicht, daß sie sich auf seine Schulter stützte. »Greifen Sie ihn«, sagte sie, als sie an dem Ring vorbeiflogen, und sie lachte ihm ins Gesicht.

Sie saß mit halbgeöffneten Augen da und schaute in den Kreis hinaus. Es war ihr, als ob alle Gesichter auf eine Schnur gezogen wären.

Halb schwindelig, erkannte sie Marie, die wieder das Karussell bestiegen hatte, in einem Wagen mit ihrem Kavalleristen ...

Sie saß auf seinem Knie.

Wie sie aussah – fast ohnmächtig ...

Und all die andern – wie sie *dalagen* – wie Halbtote – in den Armen der Burschen ...

Katinka richtete sich plötzlich auf – alles Blut war ihr zu Kopf gestiegen. Das Karussell hielt.

»Kommen Sie«, sagte sie, indem sie vom Pferd stieg. Bai stand am Ringpfahl; Katinka ergriff seine Hand. »Man wird schwindelig«, sagte sie, als sie auf den Erdboden trat. Sie war vom vielen Rundfahren ganz blaß geworden.

»Huus, nehmen Sie Tik«, sagte Bai. »Ich bin euer Leuchtturm.« Er kniff Marie in den Arm, die gerade mit ihrem Kavalleristen vom Karussell herabstieg.

Marie war verlegen, als sie die Herrschaft sah, sie schmiegte sich an den Blauen.

»Brillant, wie sie mit ihm abzieht«, sagte Bai, indem er voranschritt.

»Hier ist es ja«, rief Katinka, der Huus wieder seinen Arm geboten hatte.

Die Schlangendame, Fräulein Theodora, zeigte ihre trägen Tiere neben dem Karussell. Es waren ein paar fette, schleimige Kreaturen, die sie aus einem Kasten, der mit wollenen Decken gefüllt war, herausnahm. Fräulein Theodora kitzelte sie unter dem Schwanz, um sie etwas lebhafter zu machen.

»Sie verdauen, Fräulein«, sagte Bai im Klubton.

»*Was* tun sie?« fragte Fräulein Theodora. »Glauben Sie etwa nicht, daß die Tiere lebendig sind?« Fräulein Theodora faßte die Verdauung als eine Beleidigung auf.

Sie legte eine Schlange um ihren Hals, kraulte ihr den Kopf, so daß sie den Rachen öffnete und es zu einem Zischen brachte. Fräulein Theodora nannte die Schlange ihren Liebling und barg sie an ihrer Brust. Fräulein Theodora hatte den Umfang einer Riesendame und war in Pagentracht.

Die Schlange ließ ihren Schwanz leise zwischen den Knien des Fräuleins hin und her schlagen. »Herzchen«, sagte Fräulein Theodora.

»Kommen Sie«, sagte Katinka, »das ist ekelhaft.« Sie hatte in ihrem Widerwillen Huus' Arm ergriffen.

»Ja«, sagte der Budenbesitzer, der es für Angst hielt und sich geschmeichelt fühlte, »riesige Bestien, kleine Dame ... Aber sie hat dasselbe mit Löwen gemacht.«

Katinka stand wieder draußen.

»Daß man so etwas tun kann«, sagte sie; es schauderte sie.

»Ja«, sagte Bai und befühlte alles sachverständig. Der Besitzer hatte den »Herrn« aufgefordert, sich zu überzeugen, daß die Tiere sich wirklich »so gut wie auf bloßem Körper bewegten«.

»Ja«, sagte Bai, »Fleisch hat sie ...«

Die »Schlangendame Fräulein Theodora« lächelte versöhnt, während sie ihre »Lieblinge« in den Kasten legte.

»Ja«, sagte der Besitzer, »sie hat dasselbe mit Löwen gemacht, mein Herr.«

»Acht Jahre lang«, fügte Fräulein Theodora hinzu.

Huus und Katinka standen bereits jenseits des Marktplatzes. Es begann allmählich dunkel zu werden, und alle Ausrufer heulten um die Wette auf den Tribünen mit dem Eifer der Verzweiflung.

»Herabgesetzter Preis, herabgesetzter Preis, meine Dame«, rief der Professor Katinka zu und trocknete sich den Schweiß mit dem »seltsamen Taschentuch«, »zwanzig Öre mit dem Geliebten ...«

Katinka ging schneller, so daß Bai sie kaum einzuholen vermochte.

Die Leute begannen lustiger zu werden. Haufen herumschlendernder Burschen liefen singend auf die Mädchenreihen zu, die sich mit einem Schrei auflösten; und nach und nach begannen die Paare in den Budenreihen zärtlich zu werden. Aus den Bewirtungszelten und von der Braunäugigen, wo Kognak zu den Waffeln ausgeschenkt wurde, ertönte lauter Lärm.

Die drei Polizisten hinkten an Stöcken von dannen. Sie waren in den Kriegen leicht verwundet worden, und sie hielten sich zusammen, um die Ordnung aufrechtzuerhalten. Ringsumher hinter den Zelten und in den gedrängten Haufen hörte man das plötzliche Fingerpfeifen der Gymnasiasten durch den Lärm hindurchgellen.

Es wurde immer finsterer, während Katinka und Huus die Budenreihe entlanggingen und Einkäufe machten. In den Buden wurden bereits die Laternen angezündet, die auf Herzen und Honigkuchen sparsam herableuchteten. Die Frauen hinter den hohen Tischen polierten Honigkuchen mit der flachen Hand, daß sie glänzten, und reichten sie Huus und Katinka auf einer langen Schaufel heraus.

Bai kam hinzu und kaufte auch welche.

Huus hatte Katinka ein kleines japanisches Teebrett als Marktgeschenk gekauft. Sie schenkte ihm einen Honigkuchen.

»Was«, sagte Bai, »schenkst du Huus Honigkuchen? Gib ihm wenigstens ein Herz ... Madam«, rief er der Verkäuferin zu, »hier ein Herz ...«

»Ein Herz, mein Herr, mit Versen ...«

»Bai!« sagte Katinka.

»Wir bekommen einen Regenguß«, sagte Huus hinter ihnen.

»Teufel auch!« Bai wendete sich vom Tisch fort.

Die ersten Tropfen fielen. »Das wird ein ordentlicher Guß«, sagte Bai.

»Im Panorama finden wir Schutz«, sagte Huus.

»Ja.« Katinka nahm Huus' Arm. »Kommen Sie«, sagte sie.

Es war ein Rennen nach allen Türen. Frauen und Mädchen schlugen die Röcke über die Köpfe und liefen, die Taschentücher im Viereck über den neuen Hüten, von dannen.

»Hei, hei«, rief Bai, »jetzt kommen die Unterröcke zum Vorschein.«

Die Mädchen standen in den Haustüren mit blauen Strümpfen und isländischen wollenen Unterröcken um die Beine.

Die Verkäuferinnen nahmen ihre Waren herein und fluchten und schalten. Die Gymnasiasten liefen schreiend umher und ließen sich durchweichen.

»Hier ist es«, sagte Katinka.

»Ganz Italien, meine Herrschaften, für fünfzig Öre!« Der Mann war heiser und in wollene Tücher gewickelt. »Dreimal – bitte!«

»Wie es gießt«, sagte Katinka. Sie stand in der Budenöffnung, schüttelte sich und blickte hinaus.

Das Wasser kam wie aus Schleusen. Der halbe Marktplatz war bereits überschwemmt. Die Leichtverwundeten liefen hinkend unter Regenschirmen umher und hoben die Rinnsteinbohlen auf.

In allen Buden und Türen stand die halbnasse Weiblichkeit und sah mitgenommen aus.

Drinnen im Panorama war es leer und ganz still. Man hörte den schweren, einförmigen Fall des Regens auf das Dach, und es war auch sehr kühl geworden.

Es war, als ob Katinka nach all dem Lärm aufatmete.

»Wie einem das wohltut«, sagte sie.

»Es sind Landschaften«, sagte Bai, der bereits angefangen hatte, in die Gucklöcher zu schauen.

»Das blaue Wasser«, sagte er, indem er weiterging. Er zog es vor, in den Vorraum zu gehen und zu sehen, was sich unter den isländischen Unterkleidern zeigen mochte.

Katinka blieb sitzen. Sie fühlte sich hier drinnen wie neugeboren, allein mit Huus in der Stille unter dem fallenden Regen.

»Sie spielen nicht«, sagte sie.

»Nein – des Regens wegen ...«

Sie lauschten beide dem Fall des Regens.

»Was war das für ein Lärm«, sagte sie.

Katinka wäre am liebsten hier ruhig sitzen geblieben und hätte auf den Regen gelauscht, aber sie erhob sich doch und fragte: »Ist das Italien?«

Er bejahte es.

Sie guckte in ein Glas. »Ja«, rief sie, »das ist Italien.«

Es war künstliches Licht drinnen vor den Bildern, die in kräftigen Farben strahlten.

»Wie ist das hübsch ...«

»Das ist der Golf«, bemerkte Huus, »der Golf von Neapel.« Das Bild war nicht schlecht. Blinkende Sonne lag über Golf, Ufer und Stadt. Boote flogen hin und her über das Blau des Wassers.

»Neapel«, sagte Katinka leiser.

Sie sah unverwandt hinein. Huus sah durch das Guckloch neben ihr dasselbe Bild.

»Sind Sie dort gewesen?«

»Ja – zwei Monate.«

»Ach, *dort* segeln zu können!« sagte Katinka.

»Ja – nach Sorrento ...«

»Sorrento.« Katinka wiederholte das fremde Wort leise und zögernd.

»Ja«, sagte sie, »reisen zu können ...«

Sie gingen an den Gucklöchern entlang und sahen nebeneinander hinein. Der Regen fiel schwächer auf das Dach – schließlich nur träufelnde Tropfen.

Sie sahen Rom, das Forum und das Kolosseum. Huus erzählte davon.

»Es ist so großartig«, sagte Katinka, »daß einem bange wird.«

»Ich liebe Neapel am meisten ...«

Draußen begannen die Leierkasten zu spielen, und die Karusselle klingelten. Katinka hatte fast vergessen, wo sie war.

»Es regnet scheinbar nicht mehr ...«

»Nein, es ist vorüber.«

Katinka sah sich in dem Raum um. »Dann erwartet Bai uns«, sagte sie.

Sie ging zurück und sah noch einmal auf die Bucht von Neapel mit den dahineilenden Booten.

Bai kam herein und sagte, die Straße sei wieder dem planmäßigen Verkehr übergeben.

»So gehen wir wohl nach dem Walde?« sagte er.

Sie gingen. Die Luft war kühl und rein. Große fröhliche Scharen schritten auf dem Weg zum Walde hin.

Bäume und Dornenhecken dufteten nach dem Regen.

Die Sonne ging unter, und in der Ferne, am Eingang des Waldes, zündete man die farbigen Lampen an der Ehrenpforte an. Die Burschen gingen mit den Mädchen, den Arm um das Mieder gelegt. Alle Bänke und Wege waren besetzt; in zärtlichen Stellungen saßen sie da und liebkosten sich verstohlen.

Man hörte bereits Musik vom Tanzplatz her und den summenden Laut vieler Stimmen.

»Jetzt wollen wir tanzen«, sagte Bai.

Außerhalb der Tanzestrade stand eine Menge halbwüchsiger Burschen und Mädchen, die über das

Geländer hinweg zuschauten. Auf dem Tanzboden stampfte man einen Ländler, daß es dröhnte.

»Komm, Tik«, sagte Bai, »wir eröffnen den Ball.«

Bai tanzte wie rasend fortwährend zwischen den Paaren hin und her.

»Aber, Bai!« rief Katinka. Sie war ganz atemlos.

»Man kann noch immer eine Dame schwingen«, sagte Bai. Er tanzte linksherum im Schiebertakt.

»Aber, Bai...«

»Man kann sie noch warm machen«, sagte Bai. Sie kamen zu Huus.

»Man muß jetzt in der Übung bleiben«, sagte er, indem er die Hacken wie auf den Klubbällen zusammenschlug, »und die Damen ein bißchen bewegen.«

Katinka fühlte sich durch Bais Benehmen sehr gedrückt.

»Bai ist so übermütig«, sagte sie, als er sie verlassen hatte.

»Wollen Sie einmal mit mir tanzen?« fragte Huus.

»Ja, gleich – lassen Sie uns etwas warten...« Sie sahen Bai mit einem üppigen Bauernmädchen in einer Samtjacke davonfliegen.

»Wir wollen ein bißchen gehen«, sagte Katinka.

Sie gingen von der Estrade hinab, ein Stück den Weg entlang, wo die Musik fast erstarb.

Katinka setzte sich. »Setzen Sie sich«, sagte sie, »man wird so müde.«

Es war so still im Walde. Nur ein paar einzelne Töne drangen hin und wieder bis zu ihnen. Sie saßen schweigend nebeneinander. Huus wühlte mit einem Stock in der Erde.

»Wo ist sie jetzt?« fragte Katinka plötzlich, indem sie vor sich niedersah.

»Wer?«

»Ja – Ihre – Braut...«

»Sie ist verheiratet – Gott sei Dank...«

»Gott sei Dank?«

»Ja, man meint doch immer, man habe eine Verantwortung, wenn sie – wenn sie sitzengeblieben wäre...«

»Das wäre doch nicht Ihre Schuld gewesen...«

Katinka schwieg einen Augenblick. »Wenn sie Sie geliebt hat?«

»Sie *liebte* mich«, sagte Huus, »das weiß ich jetzt.«

Katinka erhob sich. »Hat sie Kinder?« fragte sie, als sie sich wieder auf dem Wege befanden.

»Ja – einen Knaben.«

Sie sprachen nicht mehr, bis sie an die Estrade kamen. »Jetzt wollen wir tanzen«, sagte Katinka.

Ringsumher waren die kleinen Lichter angezündet und warfen nur ein spärliches Licht über die Bänke an der Seite. Die Paare schwangen sich hinaus ins Licht und wieder zurück ins Dunkle; auf dem Tanzboden bewegte sich das Ganze wie etwas Unruhiges, Schwarzes, das hin und her glitt.

Huus und Katinka begannen zu tanzen. Huus tanzte ruhig und führte sicher. Es war Katinka, als ob sie hier in seinen Armen zur Ruhe käme.

Sie hörte alles – die Musik, die Stimmen und das Stampfen – wie etwas ganz Fernes; sie fühlte nur, daß er sie sicher hin und her führte.

Huus tanzte immer weiter in dieser ruhigen Art. Katinka fühlte ihr Herz klopfen und ihre Wangen brennen, aber sie bat ihn nicht, aufzuhören, und sie sprach auch nicht.

Sie tanzten noch immer.

»Sieht man den Himmel?« fragte Katinka plötzlich.

»Nein«, erwiderte Huus, »die Bäume verdecken ihn.«

»So, die Bäume verdecken ihn«, flüsterte Katinka.

Sie tanzten.

»Huus«, sagte sie; sie sah zu ihm auf und wußte nicht, weshalb sich ihre Augen mit Tränen füllten, »ich bin müde.«

Huus hielt inne und schützte sie mit dem Arm gegen das Gedränge.

»Wir amüsieren uns«, sagte Bai, als er an ihnen vorübersauste.

Sie gingen die Stufen hinab und betraten einen Pfad.

Es war ganz finster zwischen den Bäumen; es war, als sei es nach dem Regen wieder wärmer geworden, und die blühenden Dornbüsche sandten ihnen einen durchdringenden Duft entgegen.

Ringsumher zwischen Bäumen und Unterholz flüsterte es, bewegte es sich, und engumschlungene Paare verbargen sich auf den Bänken im Finstern.

»Huus, Bai erwartet uns gewiß«, sagte Katinka, »kommen Sie.«

Sie kehrten um.

»Ja«, sagte Bai, »jetzt gehen wir zu den Schreihälsen. Es sind einige ›Sängerinnen‹ dort im Pavillon – nette Mädchen, sagen die Leute...

Ich muß mich nur erst von der kleinen Landdame dahinten verabschieden... Schwingen Sie Katinka einmal herum, Huus, damit sie nicht stillsitzt.«

Huus schlang den Arm um Katinka, und sie tanzten wieder.

Katinka wußte nicht, ob sie eine Minute oder eine Stunde getanzt hatten, als sie durch den Wald nach dem Pavillon gingen.

Der Gesang von fünf Damen klang ihnen aus der Tür entgegen. Sie schlugen mit ihren hohen Schnürstiefeln den Takt und hielten zwei Finger auf das Herz.

»Wir treten an, gebt acht,
die frohe Fahnenwacht,
gegen der Männer Tyrannenmacht.«

»Hier ist eine reizende Ecke«, sagte Bai, »hier können wir die Damen sehen...«

Sie setzten sich. Man sah vor Rauch und Dunst kaum die Gesichter ringsumher. Die fünf Damen sangen von Bajonetten und Unerschrockenheit. Als sie fertig waren, tranken sie Punsch und kokettierten, indem sie Rosenblätter in ihren Brustausschnitt steckten und hinter ein paar schmutzigen Fächern kicherten.

»Nette Mädchen«, sagte Bai.

Katinka hörte kaum; Huus saß mit dem Kopf zwischen den Händen und starrte auf den schmutzigen Fußboden.

Ein kleiner Pianist, der aussah wie ein Grashüpfer, hopste über ein Klavier, als wollte er mit seiner dünnen Nase spielen.

Die Damen zankten sich, wer jetzt drankäme . . .

»Du bist dran, Julie«, wurde in wütendem Ton hinter den Fächern geflüstert.

»Wahrhaftig – Julie ist dran.«

»Der Schornsteinfeger«, rief Julie laut über die Zuhörer hinaus.

»Der ist *verboten*«, riefen ein paar Damen hinter den Fächern zum Pianisten hinab, »Sørensen, sie singt was Verbotenes.«

Unten im Saal schlugen sie mit den Gläsern auf die Tische.

»Pah! Weil Josephine das Lied nicht singen kann.«

Die Dame Julie sang den »Schornsteinfeger«;

> »Der Schornsteinfeger August
> den Besen trägt als Schild . . .«

Bai klatschte, daß er beinahe die Groggläser zerschlagen hätte.

»Was sagst du dazu, Tik?« fragte er.

Katinka fuhr zusammen. Sie hatte gar nicht hingehört. »Ach ja«, sagte sie.

»Fein«, sagte Bai, »fein!« Er klatschte wieder.

»Die Romanzensängerin Fräulein Mathilde Nielsen«, rief Fräulein Julie.

Die Romanzensängerin Fräulein Mathilde Nielsen trug lange Kleider und sah sehr feierlich aus. Die anderen Damen sagten: »Mathilde hat Stimme.«

Mathilde war als Kind gefallen und hatte sich die Nase plattgedrückt.

Sie legte gleich beim Vorspiel die Hand aufs Herz.

Es war das Lied von Sorrent:

»Wo die Pinie dunkel, breit
des Bauern Weinberg Schatten leiht;
wo am Golfe Orangenhaine
lieblich duften im Abendscheine;
wo am Strand sich Boote schwingen,
wo sich frohe Reihen schlingen,
die im Tanze jubelnd singen
Lieder zur Madonna Preis.
Nie vergeß ich dies Gepränge,
diese Täler, diese Hänge,
dieser Nächte Sternenmenge,
Napoli – dein Paradies.«

Fräulein Mathilde Nielsen sang sentimental mit langen tremolierenden Tönen.

Als der Gesang beendet war, applaudierten die »Damen«, indem sie mit den Fächern auf die flache Hand schlugen.

Die Romanzensängerin »Fräulein« Nielsen dankte mit einer Verneigung.

»Ich glaube gar, Tik weint über den ›Vortrag‹«, sagte Bai. Katinka hatte wirklich Tränen in den Augen.

Sie kamen hinaus. »Jetzt gehen wir über den Kirchhof nach Hause«, sagte Bai.

»Über den Kirchhof?« fragte Katinka.

»Ja, das ist der bequemste Weg – und er ist sehr schön.«

Katinka und Huus gingen zusammen hinter Bai her. Sie kamen aus dem Wäldchen heraus und gingen durch eine Allee. Lärm und Musik verklangen hinter ihnen.

»Ja«, sagte Bai, »ein bewegter Tag – ein gut angewandter Tag.« Er fuhr fort zu plaudern: über den Tanz – wie sie sich anschmiegten, die Dorfmädchen – und über die »Damen« – »Fräulein Julie«, ein frisches Mädel, ein fesches Mädel – und über Marie – »na, wir werden ja sehen, wie es ihr gegangen ist…, ich kenne sie…«

Die beiden andern sprachen nicht. Sie hörten auch beide nicht zu. Es war so still, daß sie ihre eigenen Schritte hörten. Am Ende der Allee erhob sich die eiserne Pforte des Kirchhofs mit ihrem großen Kreuz.

»Aber Bai!« rief Katinka.

»Denkst du, hier sind Gespenster?« sagte Bai, indem er eine Seitenpforte öffnete.

Sie gingen hinein. Katinka ergriff Huus' Arm in der Pforte. Der Kirchhof lag in der Dämmerung wie ein großer Garten da. Rosen und Buchsbaumhekken, Jasmin und Linden dufteten schwer, graue und weiße Steine erhoben sich zwischen den Hecken.

Katinka klammerte sich an Huus' Arm, während sie dahinschritten.

Bai ging voran. Er trabte an den Bosketten entlang und schlug mit den Armen um sich, als wenn er Hühner aufjagen wollte.

Katinka blieb stehen. »Seht doch!«

Zwischen den Bäumen befand sich ein Aushau, so daß man über die Felder hinweg den Fjord sehen konnte. Die Dämmerung schwebte wie ein Schleier über dem dunklen, blanken Wasserspiegel, still und träumerisch.

Es herrschte eine Stille, als sei das Leben in der dufterfüllten Luft erstorben... Unbeweglich standen sie dicht nebeneinander.

Langsam schritten sie weiter. Katinka blieb hin und wieder stehen und las die Inschriften auf den Steinen, die in der Dämmerung hervorleuchteten. Sie las sie, Namen und Jahreszahlen, mit leiser, zitternder Stimme.

»Geliebt und entbehrt.«

»Geliebt über das Grab hinaus.«

»Die Liebe ist des Gesetzes Erfüllung.«

Sie trat näher und hob die Zweige der Trauerweide: sie wollte den Namen auf dem Stein lesen.

Da raschelte es hinter der Weide.

»Huus«, sagte sie und umklammerte krampfhaft seinen Arm.

Über die Hecke entfloh etwas.

»Es waren zwei Menschen«, sagte Huus.

»Habe ich einen Schreck bekommen!« sagte Katinka und preßte die Hände auf die Brust.

Sie ging weiter dicht neben ihm, während ihr Herz klopfte.

Sie sprachen nicht mehr. Hin und wieder raschelte es im Gebüsch, und Katinka fuhr zusammen.

»Aber liebes Kind, liebes Kind!« sagte Huus flüsternd wie zu einem Kinde, Katinkas Hand zitterte in der seinen.

Bai stand am Ende des Ganges.

»Seid ihr da?« fragte er.

Er öffnete die Pforte. Sie fiel hinter ihnen wieder ins Schloß.

Draußen in der Allee nahm Bai Huus beiseite.

»Es ist bei Gott doch ein Skandal«, sagte er, »daß so etwas geschehen kann – eine Entweihung des heiligen Ortes... Kiær hatte es mir freilich gesagt..., wie sie es treiben – diese Räuber...

Aber ich glaubte bei Gott doch nicht, daß das

möglich sei... Nicht einmal Pietät gegen die Toten! – Im Garten des Todes – pfui Teufel...

Man kann, hol mich der Teufel, nicht einmal auf den Bänken in Frieden sitzen...«

Huus hätte ihn prügeln können.

Sie gingen durch die Straßen. Die Buden standen geschlossen und öde da. Hier und dort packte ein Verkäufer bei einer einsamen Laterne seine Waren zusammen.

Der Lärm aus dem Wirtshause drang bis auf die Straße. Schläfrig und zusammengesunken schleppte man sich paarweise nach Hause.

Im Torweg des Gasthofes wurde Marie sichtbar; sie war schlaftrunken und müde.

Katinka wartete am Wagen. Überall wurden die Wagen angespannt und fuhren dann fort. Die »Nachtigallen« sangen so laut, daß man es auf der Straße hörte.

Sie bestiegen endlich den Wagen. Bai wollte fahren und saß neben Marie.

»O du – mein Waldemar,
dich lieb ich treu und wahr.«

»Die haben Ausdauer!« sagte Bai.

Sie fuhren durch die Nacht; an dem Walde vorüber; hin über die flachen Felder.

Marie hing schlafend krummgebeugt über dem

Korb auf ihrem Schoß. Huus und Katinka saßen schweigsam nebeneinander und starrten in die Gegend hinaus. Hin und wieder sprach Bai.

»Oho – ihr alten Knaben –

Nun – nun. Langsam!« –

Und wieder wurde es still wie zuvor.

Bai wollte eine »Ermunterung« haben und stieß Marie an, bis sie erwachte und eine Flasche Portwein heraussuchte.

»Wollt ihr auch etwas haben?« fragte er.

»Nein, danke«, erwiderte Huus.

»Das ist sehr unrecht!« Bai nahm die Flasche vom Munde. »Der Magen muß etwas gegen die Nachtluft haben.«

Bai nahm noch einen Schluck. »Das lernt man im Felde«, sagte er.

Dann begann er vom Kriege und den Preußen zu sprechen.

»Gutmütige Leute«, sagte er, »jeder einzelne – schwere Esser – richtige Fresser – aber gutmütig – herzensgute Menschen – jeder einzelne – aber in Reih und Glied – da mag der Teufel sie holen ...«

Keiner antwortete. Marie nickte wieder.

Katinka wünschte nur, daß er schweigen möchte.

»Aber starke Fresser«, sagte Bai wieder.

Er begann patriotisch zu werden und sprach von dem alten Dänemark und seinem blutroten Banner. Dann verfiel er, als niemand ihm antwortete, in schweigsame Betrachtungen.

Man hörte nur das Knirschen der Pferde in den Sielen, hin und wieder krähte über den Feldern ein Hahn.

»Nehmen Sie den Schal um«, sagte Huus, »es ist kalt.«

Sorglich legte er den blauen Schal um Katinkas Schultern.

Allmählich graute der Tag über den Feldern.

»Nun bekommen wir wohl Frühstück«, sagte Bai. Sie waren zu Hause und standen übernächtigt auf der Treppe im grauen Morgen.

»Ja, wenn du es wünschst«, sagte Katinka.

Huus mußte aber nach Hause. Es sei die höchste Zeit.

»Na – wie Sie wollen«, sagte Bai, er gähnte und ging ins Haus. Marie hatte die Körbe hineingeschleppt.

Huus und Katinka blieben allein. Sie lehnte sich an den Türpfosten. Sie schwiegen eine Weile.

»Vielen Dank für den schönen Tag!« sagte sie. Es kam leise und unsicher heraus.

»Als ob nicht ich allein zu danken hätte«, Huus stieß es hervor und hatte im selben Augenblick ihre Hand ergriffen und sie zwei-, dreimal mit heißen Lippen geküßt.

Dann bestieg er den Wagen und fuhr davon.

»Wo ist denn Huus geblieben?« sagte Bai und kam heraus. »Ist er schon fort?«

Katinka stand noch auf demselben Fleck. »Ja«, sagte sie, »er ist nach Hause gefahren.«

Sie lehnte sich an die Tür und ging dann still ins Haus.

Katinka saß am offenen Fenster. Der Tag war angebrochen. Lerchen und alle Vögel jubelten über der weiten Wiese. Alles war Gesang und Sonne und Zwitschern über den sommerlichen Feldern.

IV

Der Kettenhund schlief im heißen Hof und ließ sich nicht erwecken. Ein paar gescheuerte Milchfässer waren zum Trocknen in die Sonne gestellt.

Katinka öffnete die Dielentür; man hörte nur das Summen der Fliegen in den hellen, kühlen Zimmern.

Sie ging durch das Gartenzimmer in den Garten hinaus. Da war kein Mensch, und es war ganz still. Auf dem Krocketplatz lagen Kugeln und Hämmer verlassen. Die Rosenbüsche ließen in der Hitze die Zweige hängen.

»Sind Sie es, liebe Frau Bai?« kam es halblaut von der Laube her, und Frau Linde nickte: »Ja, Linde macht seine Predigt.«

»Die andern sind alle draußen im Hintergarten – Kiærs kamen mit einem ganzen Wagen voll Besuch ... Das kommt ja etwas ungelegen, wenn Linde seine Predigt macht ...«

»Sind Kiærs hier?« fragte Katinka.

»Ja ..., sie sind zum Kaffee gekommen – sie sind im Hintergarten – und der neue Doktor auch ... Und Sie sind zum Markt gewesen ... Huus erzählte davon.«

»Ja – es war ein herrlicher Tag«, erwiderte Katinka. Es wurde ihr schwer, diese Worte herauszubringen, so klopfte ihr Herz.

Der alte Pastor Linde erschien in der Gartentür. Er hatte ein Taschentuch um den Kopf, das jeden Freitag abend hervorgenommen wurde, wenn Pastor Linde seine Predigt zu machen begann.

»Da ist ja die kleine Frau Katinka«, sagte er. »Und Sie befinden sich wohl?«

Der alte Pastor kam bis an die Laube. Er wollte vom Jahrmarkt hören.

Katinka wußte kaum, was sie selbst sagte. Während sie sprach, fühlte sie nur eine plötzliche, unbeschreibliche Sehnsucht nach Huus.

»Ja – er ist wirklich ein guter Mensch«, sagte Frau Linde, als Katinka eine Zeitlang gesprochen hatte; und Katinka wurde purpurrot.

»Ja«, sagte der alte Pastor, »ein seltener Mensch.«

Er nahm das Taschentuch ab und legte es vor sich auf den Tisch in der Laube. Er fragte weiter nach dem Jahrmarkt. »Unsere Leute kamen gegen Morgen nach Hause«, sagte er.

»Einmal müssen sie sich ja auch amüsieren...« Der alte Pastor plaudert, und Katinka antwortet, ohne auch nur ein Wort verstanden zu haben.

»Lieber Linde – deine Predigt...«

»Ja, Mütterchen. Ja, liebe Frau Bai«, sagt er, »es ist heute bereits Sonnabend.« Der alte Pastor trottet davon, das Taschentuch in der Hand.

»Wollen Sie nicht zu den andern hinuntergehen, liebe Frau Bai?« sagt Frau Linde.

»Wenn ich nicht helfen kann..., bei irgend etwas...«

»Ach, ich danke... Ich gebe ihnen nur, was ich habe... Erbsen und Schinken...«

Katinka erhob sich.

»Gehen Sie durch den Hof«, sagte Frau Linde.

Katinka hatte Huus während der drei Tage nach dem Markt nicht gesehen. Wie hatte sie doch gewartet und gehofft und gefürchtet, was sie hoffte. Jetzt sollte sie ihn sehen.

Gelächter und Lärm drangen vom Hintergarten bis weit über die Felder. Katinka öffnete die Pforte und trat ein.

»Die schöne Frau kommt«, rief Agnes. Sie spielten »Eins zwei drei, das letzte Paar herbei!« auf dem großen Rasenplatz.

Katinka hatte nur Huus gesehen. Er stand dort mitten in dem Haufen. Wie bleich er doch war, und wie bekümmert er aussah!

Katinka dachte: Er hat gewiß auch nicht schlafen

können, wie ich, und sie lächelte ihm furchtsam zu mit leicht gebeugtem Kopf wie ein junges Mädchen.

Agnes stellte sich mit Katinka auf, sie kamen vor Huus zu stehen.

»Ach was«, sagte Agnes zu Huus, »man kennt das: Sie haben natürlich einen Katzenjammer gehabt... Deshalb sind Sie drei Tage unsichtbar gewesen...

Und wir haben Sie erwartet...

Gestern wollte Frau Bai uns gar keinen Kaffee geben, weil wir auf Sie warten sollten.«

Katinka blickte zur Erde, aber sie ließ Agnes reden. Es war ihr, als ob sie ihm nun selbst gesagt hätte, wie sehr sie ihn erwartet hatte.

»Und ist das ein Benehmen, wenn man bei einem Paar echter Kropftauben Gevatter stehen soll«, sagte Agnes.

Die beiden andern bekamen kein Wort heraus, aber Katinka fühlte Huus' Blick auf sich gerichtet und blieb mit gebeugtem Kopf vor ihm stehen.

Sie fuhren im Spiel fort. Sie sah nur ihn. Sie wechselten nur die Worte des Spiels mit halblauter Stimme. Keiner von ihnen wäre imstande gewesen, laut zu sprechen.

Katinka wußte nicht, daß ihre Hände im Spiel in den seinen ruhten und sie zaudernd losließen.

Es sollte zum Abendessen in der Laube gedeckt werden. Der alte Pastor und Pastor Andersen kamen mit Louise, der Ältesten, und der kleinen Jensen.

»Aha«, sagte Agnes, »also haben wir endlich den Schinken gerochen.«

Bevor sie zu Tische gingen, hatte Louise, die Älteste, sich bereits an den neuen Doktor herangemacht und ihm ihre »Schönheit« gezeigt.

Als sie alle in der Laube Platz genommen hatten, rief der alte Linde zur Tür hinaus, ob nicht ein Paar auf der Liebesbank vergessen worden sei.

Die »Liebesbank« war eine alte, morsche Bank zwischen zwei Bäumen unten am Teich.

»Dort ist es so hübsch finster«, bemerkte Frau Linde.

»In alten Tagen«, fuhr sie fort, »als unsere Söhne schwärmten, da kam stets ein Paar von da unten her – das heißt, hier bei der Laube auf getrennten Wegen…, ja – damals…«

Die »Liebesbank« war Frau Lindes liebstes Thema.

»Ja, ja, Linde, *da* sind gar manche glücklich geworden«, sagte sie.

Sie begannen alle diejenigen aufzuzählen, die sich im Pfarrhof verlobt hatten. *Der* und *der* und *der*… Es entstand am ganzen Tisch ein allgemeines fröhliches Geplauder über Liebe und Verlobung…

»Ja – in dem Sommer, als Rikard und Hans Beck sich verlobten.«

Agnes wußte noch, daß sie immer mit dem Drükker gerasselt hatte, ehe sie eine Tür öffnete…

Und nun gar die Nußallee…

Man war stets der Gefahr ausgesetzt zu stören...

Es raschelte stets etwas zwischen den Zweigen...

Fräulein Horten trug einen kraßgelben Rock..., der *leuchtete*...

»Ja«, bemerkt der alte Pastor, »man muß sich vor den grellen Farben in acht nehmen...«

»Aber es ist wunderschön in der Nußallee«, platzt ein junges Mädchen heraus.

Alle lachen, daß sie sich über den Tisch werfen.

»Linde, Linde«, ruft Frau Linde, »bedenke, es ist Sonnabend.«

Der alte Pastor lacht, daß er Husten bekommt.

»Aber es war damals wirklich, als hörte man ein ewiges Küssen in allen Ecken...«

»Ja, ja«, sagt Frau Linde, die die Sache praktisch nimmt, »sie haben es alle sehr gut getroffen...«

»Prost, liebe Frau Katinka – wir wollen anstoßen, wir beiden Alten«, sagt der Pastor.

Katinka fuhr zusammen. »Prosit...«

Es wurde von einem jungen Paar gesprochen..., dem letzten von der Liebesbank. Sie hatten schon einen Jungen bekommen.

»Haben sie einen Jungen bekommen?«

»Ja, einen prächtigen Knaben.«

»Er wog acht Pfund«, sagte Frau Linde.

»Und eine Häuslichkeit...!«

»Alles wie geleckt...«

»Und ein Gegirre, als ob sie noch in den Flitterwochen wären.«

Sie waren fertig mit Essen, und Frau Linde machte dem Pastor ein Zeichen.

»Ja, ja«, sagte der alte Pastor, »trinken wir auf Mutters Gesundheit.«

»Gesegnete Mahlzeit!«

Alle erhoben sich, und bald darauf hörte man ein Summen im Garten. Katinka lehnte sich an die Wand. Das Lärmen und Reden da draußen erschien ihr wie in weiter Ferne, und sie sah nur Huus' bleiches, bewegtes Gesicht, sein geliebtes Gesicht.

Ein paar Mädchen kamen, um den Tisch abzuräumen, und Katinka ging in den Garten hinaus. Man wollte Verstecken spielen. Agnes war dabei, abzuzählen:

»Ene bene Tintenfaß,
geh zur Schul und lerne was.«

Der alte Pastor verabschiedete sich. Es sei ja Sonnabend, sagte er. Er begegnete Bai in der Gartenpforte. »Guten Abend, Inspektor... Ja, ich muß zu meiner Predigt...«

Louise, die Älteste, stand bei dem großen Jasminbusch. Es gab ein Huschen und Verstecken hinter allen Büschen.

»Sie sieht, sie sieht«, rief einer der Mitspielenden, der an dem Jasminbusch vorüberlief.

Und dann wurde es still.

»Ich *komme*«, rief Agnes.

Katinka trat ins Gartenhaus. Sie schloß die Tür hinter sich: Sie war so müde. Alle Worte bei Tisch hatten sich gleichsam um sie gelagert wie ein großer, hilfloser Schmerz.

Sie saß still da, als die Tür geöffnet und geschlossen wurde. »Huus...!«

»Katinka – aber Katinka...« Es klang verzweifelt und fast unter Weinen. Er riß ihre Hände an sich und küßte sie und küßte sie, während er zu ihren Füßen lag.

»Ja, mein Freund – ja, mein Freund.«

Katinka machte ihre Hände los und stützte sich einen Augenblick auf seine Schulter, während er vor ihr kniete. »Ja, Huus, ja.«

Die Tränen liefen ihr über die Wangen; unbeschreiblich zärtlich ließ sie die Hand durch das Haar des Schluchzenden gleiten.

»Ach, lieber Huus – die Zeit wird alles mildern... bei Ihnen..., wenn Sie«, sie nahm die Hände von seinem Haar und stützte sich auf den Tisch, »jetzt reisen... und wir uns nicht mehr sehen...«

»Nicht mehr sehen?«

»Ja, Huus – so wie es auch sein muß... Aber ich werde Sie nie vergessen – nie und nimmer...«

Sie sprach so sanft mit tausend kummervollen Liebkosungen in ihrer Stimme. »Katinka!« rief Huus, er hob das Gesicht, das in Tränen gebadet war.

Katinka sah auf sein Gesicht hinab, dessen Züge

sie so liebte, die Augen, den Mund, seine Stirn – die sie nie mehr wiedersehen sollte; denen sie nie mehr nahe sein sollte.

Sie tat einen Schritt, wie um zu gehen. Dann wandte sie sich zu Huus um, der am Tisch stand.

»Küssen Sie mich«, sagte sie und legte den Kopf an seine Brust.

Er nahm ihren Kopf zwischen seine Hände und flüsterte unter Küssen wieder und wieder ihren Namen.

Draußen im Garten liefen sie hin und her. Louise, die Älteste, stürzte durch die Nußbaumallee hinter dem neuen Doktor drein, daß sie Bai und Kiær fast über den Haufen gerannt hätte.

»Ja – wir waren auf dem Jahrmarkt«, sagte Bai, »ein gemütlicher Tag... Ein paar verteufelt nette Mädchen im Walde – forsche Mädels... Förmlich ein Aufatmen, alter Freund...«

»Huus erzählte es mir schon«, erwiderte Kiær.

»Huus«, Bai bleibt stehen und sagt gedämpft, »Huus – was habe ich gesagt? Ach, der Mensch versteht sich weiß Gott nicht auf Frauenzimmer...

Er saß geniert wie ein junges Gössel da und sah die ›Nachtigallen‹ an... Ein wahrer Jammer, alter Freund, das mit anzusehen – ein wahrer Jammer für einen proportionierten Mann...«

Louise, die Älteste, fiel dem neuen Doktor vor dem Jasminbusch in die Arme.

Es begann zu dämmern. Ringsumher im Garten

promenierte man paarweise. Ein Name wurde laut durch den Gang gerufen. »Ja-a«, ertönte es dann aus der Gegend am Teiche.

Und dann, während die Glocken den Sonntag einläuteten, wurde es stiller. Schweigend ging man zusammen nach der großen Grasbank, und dort sprach man in kurzen, gedämpften Sätzen.

Katinka saß neben Agnes. Die Pfarrerstochter machte der »schönen Frau« immer den Hof.

»Singen Sie etwas, Fräulein Emma«, sagte Agnes.

Eine kleine Dame fing an zu singen, während die anderen ringsumher auf der Grasbank saßen. Es war das Lied von Herrn Peter. All die jungen Mädchen fielen in den Refrain ein.

Agnes wiegte die schöne Frau leise hin und her, während sie sang:

»Schöne Worte
schaffen kurze Freud,
schöne Worte
schaffen langes Leid,
schöne Worte!«

Und es wurde wieder still.

Sie sangen ein Lied nach dem andern, erst eine Stimme allein, dann fielen mehrere ein.

Katinka blieb bei Agnes sitzen, schweigsam an sie gelehnt.

»Singen Sie mit, schöne Frau«, sagte Agnes, indem sie das Gesicht zu Katinka hinabbeugte.

Es war völlig Abend geworden. Die Büsche ringsum standen wie große Schatten da. Nach dem heißen Tag war die Luft taufrisch und voller Duft.

Ein Herr redete Huus an, und er antwortete. Katinka hörte seine Stimme.

»›Marianna‹ ist so hübsch«, sagte Fräulein Emma.

»Ja, wir wollen ›Marianna‹ singen.«

»Bleiben Sie doch sitzen«, sagte Agnes zu Katinka, worauf sie und Fräulein Emma sangen.

»Unterm Rasen jetzt begraben
    arme Marianna,
wie wir sie betrauert haben,
    arme Marianna.

Schlange sich ums Herze windet,
auf der Welt kein Ruh sich findet –
    arme Marianna.

»Frieren Sie, schöne Frau?«

»Wir müssen nach Hause«, sagte Katinka, indem sie sich erhob. »Es ist gewiß spät.«

Sie hatten den Garten verlassen. Sie hatte ihm adieu gesagt.

Sie hatte sein Gesicht gesehen, bekümmert und blaß, während er sich hastig zu ihr hinabbeugte. Sie hatte seinen Händedruck gefühlt, krampfhaft, so daß es schmerzte, und Bais Ruf gehört: »Adieu, Huus, auf Wiedersehen.«

Und schnell, indem sie sich zwang, über etwas zu lächeln, was sie nicht gehört hatte, reichte sie allen die Hand; und Agnes faßte sie um die Taille und lief mit ihr bis zur Gartenpforte.

Sie klappte zweimal und fiel ins Schloß...

Und hinter ihnen sangen sie drinnen im Garten.

»Laß uns diesen Weg gehen«, sagte sie. Es war ein Pfad über die Felder am Pfarrgarten entlang; man mußte hintereinander gehen.

Katinka schritt langsam hinter Bai her.

»Gute Nacht!« ertönte es zu ihnen hinüber. Der alte Linde hatte den Hügel im Garten erstiegen. Das Taschentuch hatte er um den Kopf geschlungen.

»Gute Nacht, Herr Pastor!«

»Gute Nacht!«

Sie gingen weiter über das Feld. Beim »Gute Nacht!« des Pastors kamen Katinka plötzlich Tränen in die Augen, und sie weinte still vor sich hin. Sie drehte sich zweimal um und sah sich nach dem alten Linde auf seinem Hügel um.

»Kommst du?« fragte Bai.

Sie kamen nach Hause. Bai revidierte die Weiche, redete und sah alles nach und ging endlich schlafen. Katinka ging umher und verrichtete ihre gewohnte Hantierung, deckte die Möbel zu, begoß die Blumen und löschte die Lampe aus.

Das geschah alles wie durch einen Schleier, wie im Traum.

Sie stand am nächsten Tage auf und ging an die gewohnte Arbeit; der Zehnuhrzug kam und ging, und sie saß am Fenster vor den Feldern, die genau wie gestern dalagen.

Sie sprach, wurde nach alltäglichen Dingen gefragt und gab alltägliche Antworten. Sie war draußen in der Küche, um Marie, dem Mädchen, zu helfen.

Fenster und Türen standen offen, drüben in der Filialkirche begannen die Glocken zu läuten.

Marie, das Mädchen, war mitten im Reden, als die Frau sagte: »Ich gehe in die Kirche.«

Und fort war sie, ehe Marie antworten konnte.

Frau Bai lief über die sonnenheißen Felder hin.

V

Einige Tage später reiste Katinka »nach Hause«.

Einer ihrer Brüder hatte ein Kaufmannsgeschäft in ihrer Vaterstadt, bei ihm wohnte sie; die anderen Brüder waren in alle Winde zerstreut.

Ihre Schwägerin war eine liebe, kleine Frau, die jedes Jahr ein Kind zur Welt brachte und halb geniert und eingeschüchtert in ihrer ewigen Schwangerschaft herumtründelte. Sie war sehr bequem geworden und ein bißchen verdummt. Sie kam ja auch eigentlich zu weiter nichts, als Kinder in die Welt zu setzen und zu nähren.

Im Hause war immer irgendein Zimmer, in dem man nicht dazu gekommen war, die Gardinen aufzuhängen. Sie lagen gesteift bereit und harrten ihrer Bestimmung über alle Stühle verstreut. Gewaschen wurde im Hause stets der vielen Kleinen wegen. Überall sah man Schnüre mit Leinenzeug und Strümpfen. Das Essen zu den Mahlzeiten wurde nie zur rechten Zeit fertig, und es waren stets zu wenig Teller, wenn man endlich zu Tisch kam.

»Die kleine Mi und Mutter essen zusammen«, sagte die kleine Frau.

Die Türen klappten unablässig, und jede halbe Stunde hörte man Geheul durchs Haus, als würde ein Ferkel abgestochen. Es war eins von den Kleinen, das in irgendeinem Winkel gefallen war. Sie hatten stets überall Beulen.

»Na«, sagte der Bruder, »schon wieder –«

»Ja, was soll ich machen, Kristoffer?« sagte die kleine Frau.

Sie sagte stets: Ja, was soll ich machen, Kristoffer? – und sah hilflos drein.

Nach und nach kam mit Katinka Ruhe ins Haus. Sie mußte etwas zu tun haben, mußte wissen, daß sie nötig war, und sie ging so lautlos umher, während alles getan wurde.

Die kleine Schwägerin saß förmlich erleichtert in ihrem Stuhl in einer Ecke und lächelte dankbar – sie saß stets in den Ecken, hinter einem Sekretär oder neben dem Sofa – mit ihrem verlegenen Lächeln.

Katinka blieb am liebsten zu Hause innerhalb der vier Wände. Hier waren die alten Möbel aus ihrem Elternhaus, all die alten Dinge: das Meisterstück des Vaters, ein Schrank aus Eichenholz mit den geschnitzten Figuren auf den Türen – daheim hatte er in der Staatsstube zwischen den Fenstern gestanden.

»Das sind Moses und seine Propheten«, sagte der Vater. Katinka hatte gemeint, diese Männer seien das Wunderbarste auf der ganzen Welt.

Und der Marmortisch, der auf einer Auktion gekauft worden war und auf dem die »feinen Sachen« in symmetrischen Reihen standen: die silberne Zuckerschale mit der Kanne und dem silbernen Becher, einem Ehrengeschenk der Tischlerzunft.

Während sie im Hause umherging und Ordnung schaffte, fand Katinka fortwährend Erinnerungen an zu Haus, eine alte Tasse mit Inschrift, ein vergilbtes Bild, drei, vier Teller...

Die alten Teller mit den blauen Chinesen und dem Garten mit den drei Bäumen und der kleinen Brücke über den Bach... Wie viele Geschichten über diese Chinesen hatten sie sich nicht daheim des Sonntags erzählt, wenn das feine Service gebraucht wurde!

Katinka bat, ob sie die alten Teller behalten dürfe.

»Ob du darfst?« sagte die kleine Frau... »Oh, mein Gott – es sind ja nur (alles war in Scherben dort im Hause) – hier wird alles ruiniert..., aber was soll ich machen?«

Katinka blieb, wie gesagt, am liebsten zu Hause, oder sie ging auf den Kirchhof zu den Gräbern. *Dort* oben war es am besten. Sie meinte oft, sie sei eine Witwe, die hier am Grabe ihres Mannes säße.

Er wäre so plötzlich gestorben, sie hatten so kurze Zeit miteinander gelebt, und jetzt stand sie allein, ganz allein.

Und wie sie so dasaß, las sie die Inschrift auf den Grabsteinen, die Namen ihres Vaters und ihrer Mutter.

Ob sie einander geliebt hatten? Der Vater, der stets gebrummt hatte und dasaß und sich aufwarten ließ – und die Mutter, die so ganz anders wurde, als er gestorben war, als ob sie plötzlich von neuem wieder aufblühte...

Wie *wenig* sie doch ihre Eltern gekannt hatte!

Ja, wie wenig sie doch einander kennen – alle Menschen, die miteinander und nebeneinander leben... Katinka lehnte den Kopf gegen den Stamm der Trauerweide. Sie fühlte eine bittere Trostlosigkeit, die sie früher nie gekannt hatte.

Auf die Straße oder in die Stadt kam sie selten. Es war überall so viel Neues, und alles war anders als damals. Lauter neue Gesichter und neue Namen, Leute, die sie nicht kannte.

Sie war in dem alten Hause gewesen. Dort waren Hinterzimmer aus der alten Werkstatt erbaut worden. Und da waren Fenster und neue Türen eingesetzt, und aus ihrem alten Taubenschlag hatte man eine Giebelstube gemacht.

Katinka ging nicht mehr zu dem alten Hause.

Auf der Straße war sie Thora Berg begegnet.

»Aber, das« – ja, das war die alte Stimme –, »das ist ja Katinka...«

»Ja.«

»Aber, Kind – wo kommst du her?... Und du bist ganz verändert...«

»Und du?« sagte Katinka, sie hatte Tränen in den Augen.

»Ich – Gott erbarme sich – ich wohne ja hier – seit dem Frühling – wir sind versetzt worden.

Ja, mein Kind, es ist inzwischen viel Wasser ins Meer gelaufen... Du hast wohl keine Kinder?«

»Nein.«

»Dachte ich es doch. Dank deinem Gott, Mädchen – ich habe vier – und fünf Pensionäre..., ja – man reicht nicht weit mit dem Sold eines Hauptmanns zweiter Klasse... Aber du..., wo wohnt ihr, Kinder – immer auf der alten Stelle... Ach Gott, wir beim Militär haben ja keine bleibende Stätte...«

Thora sprach weiter. Katinka ging neben ihr her und sah sie an. Eigentlich war es dasselbe Gesicht, aber es hatte gleichsam straffe Linien bekommen und war so gelb und spitz am Kinn geworden.

»Du siehst mich an, Kind«, sagte Thora, »ja, du, das Leben besteht nicht aus lauter Klubbällen...«

Sie sagte, sie werde Katinka besuchen und sie mit nach Hause nehmen in ihr Nest.

»Aber es gibt bald Zensuren – wir sitzen bis an den Hals in französischen Vokabeln...«

Sie trennten sich. Katinka blieb stehen und sah ihr nach. Sie trug eine kurz abgeschnittene Samtjacke über einem gelben Kleide. Es war alles schräg genommen und sah aus, als sei es ein bißchen zu eng.

Sie sahen sich erst ungefähr nach einer Woche in der Kirche wieder.

»Ja, kommt man denn aus seinen vier Wänden heraus? Ich habe dich jeden Tag besuchen wollen«, sagte Thora. »Komm nur am Mittwoch zu uns, du... Mittwoch um drei... Am Mittwoch hat man die meiste Ruhe«, fügte sie hinzu.

Katinka ging am Mittwoch hin.

Thora war in der Küche, als sie kam, und Katinka wartete in der Wohnstube. Das Zimmer war zu groß für die Möbel, Thoras alte Ausstattungsmöbel, die abgenutzt und verblichen waren. Sie standen an den Wänden und reckten sich gewissermaßen, um einander nahe zu kommen. Am Fenster standen ein moderner Blumenständer mit einem Gummibaum und ein Rohrschaukelstuhl mit einer gestickten Decke. Das waren die Staatsmöbel.

Auf dem Tisch lagen ein paar Gedichtsammlungen in verblichenem Einband und einige Rheinpanoramen, Erinnerungen von der Hochzeitsreise des Hauptmanns und Thoras.

An den hohen, gelb tapezierten Wänden hingen einige Blumenstücke in schmalen, vergoldeten Rahmen. Es waren Rosen und Stiefmütterchen mit großen Tautropfen, die wie Glasperlen über die Blätter ausgestreut lagen. Katinka kannte sie, Thora hatte sie als junges Mädchen gemalt.

»Ja, man schmückt sein Haus mit seinen alten Talenten«, sagte Thora; sie kam herein, als Katinka die Rosen mit den Glasperlen betrachtete.

Der Hauptmann öffnete die Tür im leinenen Hausrock und ohne Kragen. »Essen wir noch?« fragte er.

»Wir haben ja Besuch, Dahl«, sagte Thora, und die Tür wurde geschlossen. »Dahl zeichnet topographische Karten, du«, sagte sie.

Der Hauptmann kam in Interimsuniform wieder zum Vorschein. »Sehr erfreut, sehr erfreut«, sagte er und begann im Zimmer auf und nieder zu gehen. Wenn der Hauptmann nicht Karten zeichnete oder kommandierte, hatte er stets einen Verfalltag und eine Rechnung im Kopf. Es waren Überreste aus den Leutnantstagen und von der Hochzeitsreise mit den beiden Rheinpanoramen.

Thora saß da und redete ununterbrochen. Katinka dachte, wie unruhig Thoras Augen geworden seien; denn bald richteten sie sich auf die Tür, bald auf Dahl, während sie immer weiterredete.

»Es ist ein Viertel«, sagte der Hauptmann.

»Die Knaben sind noch nicht da«, sagte Thora.

»Und deshalb essen wir nicht?« sagte der Hauptmann. »Sie müssen wissen, Frau Bai, die Jungens sind die Herren im Hause.«

Thora sagte nichts, und der Hauptmann setzte sich auf einen abseits stehenden Stuhl am Schreibtisch. Die Rücklehne fiel herunter.

»Daß der Stuhl auch nie zum Tischler kommt«, sagte er.

»Ja – Dahl ...«

»Wir warten nun schon ein halbes Jahr darauf, Frau Bai«, sagte der Hauptmann, indem er sich leicht vor ihr verbeugte, »das ist so *Mode* hier im Hause.«

Die Knaben meldeten sich, indem sie wie die wilde Jagd die Bodentreppe herunterkamen.

»Da sind sie«, sagte Thora. Man ging ins Speisezimmer. Der Hauptmann hatte Katinka den Arm geboten. Thora setzte die herabgefallene Lehne wieder auf, so daß sie sich gegen die Wand stützte.

»Wo seid ihr gewesen?« fragte der Hauptmann.

»Wir haben gebadet«, antworteten die Knaben. Sie hatten eine Stunde lang am Rande eines Grabens geraucht und dann die Köpfe in ein Waschbecken gesteckt.

»Dies sind *meine*«, sagte Thora. Mit »meine« meinte sie einen neunjährigen Knaben und drei glattgekämmte kleine Mädchen.

Der Hauptmann nahm Natron zum Essen und wischte bei jedem Bissen seinen Napoleonsbart, der in dem müden Gesicht gewichst und wohlgepflegt war.

Der Hauptmann sprach über die Gehaltsverhältnisse bei der Eisenbahn.

Die Pensionäre waren fünf Gutsbesitzersöhne, die in die Realschule gingen. Sie schimpften »meine vier« »Bettelgören« und hauten dem Neunjährigen regelmäßig die Jacke voll; sonst waren sie ganz gutmütige Bengel.

Sie fraßen wie die Wölfe und sagten, sie würden nie satt, ausgenommen »daheim auf dem Gut«.

Der Neunjährige saß mit großen altklugen Augen da und blickte bald die Knaben, bald Thora an.

»Das Porzellan ist gesprungen zu Ehren unseres Besuchs«, sagte der Hauptmann, indem er Katinka den Gurkensalat in einer gesprungenen Schüssel reichte.

»Oh, das kommt so leicht, Herr Hauptmann«, sagte Katinka.

Der eine Knabe bat fortwährend halblaut um mehr Kartoffeln. Er hatte gesehen, daß keine mehr in der Schüssel waren.

»Da ist Gurkensalat«, sagte Thora. »Dahl, willst du mehr haben?«

»Du bekommst ja selbst nichts, Thora«, sagte Katinka, »wir haben ja alle schon.«

»Liebe Frau Bai«, sagte der Hauptmann, »*das* ist

ihr Privatvergnügen. Was Ruhe ist, wissen wir hier im Hause nicht.«

Thora schnitt das Fleisch für das Kleinste der Glattgekämmten.

»Herr Hauptmann sind heute so guter Laune – das merkst du wohl«, sagte sie lachend, »nicht wahr, Herr Hauptmann?«

Der Hauptmann war stets in dieser Laune.

»Was hast du in Geographie bekommen, Gustav?«

»Kaum genügend«, ertönte es im Baß von einem Teller.

»Glaubst du, Gustav, daß dein Vater damit zufrieden sein wird?«

»Meinem Vater ist das ganz egal«, sagte der Baß.

Sie standen vom Tisch auf. Alle Türen im ganzen Haus klappten hinter den Jungen.

»Ja, Frau Bai«, sagte der Hauptmann, »*das* ist Thoras Invasion. Sie fürchtet, daß wir einmal Ruhe im Hause bekommen könnten.«

Der Hauptmann ging an seine Karte. Thora hantierte hinter dem Petroleumkocher mit allerlei Kaffeemischungen.

»Kann ich dir denn nicht helfen?« fragte Katinka.

»Danke, Mädel.«

Thora hatte rote Flecken auf den Wangen und hielt sich die Schläfen. »Es ist immer ein bißchen viel bei Tisch, du«, sagte sie.

»Aber du regst dich viel zu sehr auf, Thora«,

sagte Katinka, die selbst schon ganz warm geworden war.

»Wenn man diesen Radau vom Morgen bis zum Abend hat, mein Kind«, sagte Thora.

Sie kam an ihrem Nähtisch nicht zur Ruhe. Die Tür ging unablässig. Die Knaben hatten sich verschworen, daß aus »dem Kaffeeklatsch nichts werden sollte« – und rutschten jede Minute von der Bodentreppe herab, um nach Vokabeln zu fragen.

Thora hielt die Hand vor die Stirn und ging vom Englischen zum Deutschen über.

Der Neunjährige »übte« im Eßzimmer.

»Nikolai, immer mußt du üben, wenn ich Kopfschmerzen habe ... Hör endlich auf.«

Nikolai schlich sich leise vom Klavier fort. Thora schalt immer ihre »eigenen«, wenn sie von den »Freßsäcken« gepeinigt wurde.

Thora setzte sich in die Sofaecke und zog die Beine unter sich – wie sie es als junges Mädchen so oft zu tun pflegte.

Sie sprachen von den Leuten in der Stadt.

»Ja, es sind lauter neue Familien – die alten sind fort.«

»Ja, die alten sind fort«, sagte Katinka. Sie blickte Thora an, die den Kopf gegen die Sofalehne gelehnt und die Augen geschlossen hatte. Wie tief sie eingefallen waren, diese Augen.

»Ich weiß bald niemand mehr von den alten als deinen Bruder«, sagte Thora.

»Ach ja doch ...«

Thora lachte. »Großer Gott, deine arme Schwägerin«, sagte sie, »sie ist schon wieder soweit?«

»Ja, die Ärmste!«

Sie schwiegen eine Weile, dann sagte Thora, indem sie die Augen öffnete: »Ach du – wir sind ja alle nur für die Fortpflanzung da.«

Thora schloß die Augen, und die beiden Freundinnen saßen wieder schweigend da.

»Ja – du«, sagte Thora dann, »das Leben ist wunderlich.«

Katinka blieb nicht zum Tee. Sie sagte, sie habe versprochen, nach Hause zu kommen. Sie fühlte das Bedürfnis, in die frische Luft hinauszukommen und allein zu sein. Als sie auf der Straße war, kam ihr die Idee, einen Augenblick zu dem »Fräulein« zu gehen. Es war so still bei der Alten und so unverändert. Katinka bog in Fräuleins Straße ein. Ihr traten Tränen in die Augen, als sie die drei grünen Linden vor den Fenstern sah. Sie hatte schon bei Thora mit Tränen in der Kehle dagesessen – die ganze Zeit.

Sie stieg die kleine Treppe neben dem grünen Kellerhals hinauf und klopfte an. Geruch von Rosen und Sommeräpfeln schlug ihr entgegen, als sie die Tür öffnete. Das Fräulein pusselte mit Rosenblättern, die sie auf Zeitungspapier auf dem Bett in der Schlafkammer ausgebreitet hatte.

Alle die jungen Mädchen aus Holmstrup waren bei ihr gewesen ...

»Sie wollen doch ihre Birnen vom Baum haben«, sagte sie, »jetzt geht es damit zu Ende.«

Katinka mußte mit hinauskommen und den Baum und »meine Rosen« sehen...

»Es waren gerade drei Rosen zu Madam Bustrøms Kranz dagewesen – ja – tatsächlich... Drei Rosen waren wirklich dagewesen...«

Sie gingen wieder hinein. Das Fräulein plauderte im Ab- und Zugehen, so daß ihre Worte sich zwischen den Türen verloren. Katinka saß auf dem Fenstertritt; sie antwortete nur hin und wieder mit einem Ja oder Nein. Durch die offene Küchentür sah man in den grünen Garten hinaus. Die Vögel zwitscherten, daß man es im Zimmer hörte.

Wie still war es hier, als gäbe es gar keine andere Welt. Katinka besah die alten Bilder, die vergilbt in ihren schiefen Rahmen hingen; sie erkannte jedes einzelne wieder. Die silberne Kaffeekanne auf dem Tisch, das Prachtstück mit den drei Paar echten Tassen, und auf der Konsole vor dem blind gewordenen Spiegel die feinen Nippsachen, mit darüber gebreiteten Taschentüchern bedeckt, und die Läufer auf dem Fußboden und die Katzen, die auf ihren Kissen schnurrten.

Sie kannte das alles.

Das Fräulein plauderte weiter und ging aus und ein. Katinka hörte nichts mehr. Es begann dämmerig zu werden, hier drinnen, wo die Linden Schatten warfen, und die alten Ecken lagen im Halbdunkel.

Es war das zweitemal, daß das Fräulein den Namen Huus draußen in der Küche nannte. Katinka fuhr zusammen, sie glaubte, sie habe selbst den Namen in Gedanken laut ausgesprochen.

»Da ist doch ein Herr Huus in eurer Gegend«, sagte das Fräulein wieder.

»Ja, Verwalter Huus«, erwiderte Katinka. »Kennen Sie ihn?«

Das Fräulein erschien in der Tür. Ob sie ihn kannte? Er war doch ein leiblicher Halbneffe von Vetter Karl auf Kærsholm.

»Von den Kærsholmern, die mit einer Lundgaard verheiratet waren – in zwei Generationen.«

Sie begann von Huus und von seiner Mutter zu sprechen, die eine Lundgaard war – von den Lundgaards auf Falster –, und von ihrem Gut, ihren Verwandten, von Vetter Karl auf Kærsholm und von der ganzen Familie, während sie immerfort hin und her ging.

Sie zündete Licht in der Küche an und beschäftigte sich mit den Rosen im Schlafzimmer auf dem Bett. Katinka saß still in ihrer Ecke und hörte *seinen* Namen, der stets wiederkehrte. Das erstemal, daß sie seinen Namen in all den Wochen hörte.

»Aber wie ist *er* eigentlich?« fragte das Fräulein. Sie kam herein, nahm die schlafende Katze vom Lehnstuhl und setzte sich, die Hände über der Katze in ihrem Schoß gefaltet, unterhalb des Fenstertritts nieder.

Katinka begann zu sprechen – einige allgemeine Worte, fast zaudernd, als ob sie an etwas andres dächte. Aber dann überkam es sie plötzlich, von ihm zu sprechen, seinen Namen zu nennen, seinen Namen nennen zu können.

Und sie erzählte von Weihnachten, von dem blauen Schal und von dem Neujahrsabend, als er im Schlitten kam, und von den Winternächten, wenn sie ihm unter den vielen Sternen das Geleit gaben . . .

»Ja«, sagte das Fräulein von ihrem Stuhl aus, »ja, es sind prächtige Menschen – diese Huus'.«

Katinka fuhr fort, mit gedämpfter Stimme im Halbdunkeln von ihrer Ecke aus zu sprechen.

Als der Frühling kam, wie hatte er ihr im Garten geholfen – er hatte die Rosen gepflanzt – er konnte alles . . .

»Ja«, sagte das Fräulein, »es ist eine prächtige Familie.«

Und von den Sommertagen, die dann kamen – und von dem Jahrmarkt . . . Von allem erzählte sie . . .

Das Fräulein begann in ihrem Lehnstuhl zu nicken – das Fräulein wurde leicht schläfrig, wenn sie *zuhören* sollte –, und bald schlief sie ein, die Hände über der Katze gefaltet.

Katinka hielt inne und saß schweigend da. Draußen wurde das Gas angezündet und erhellte die Stube: die Bilder an den Wänden, die alte Uhr und das Fräulein, das mit der Katze auf dem Schoß schlief, den Kopf auf die Brust gesenkt.

Das Fräulein erwachte und hob den Kopf. »Ja«, sagte sie, »er ist ein prächtiger Mensch.«

Katinka hörte nicht, was sie sagte. Sie erhob sich nur, um fortzukommen. Und draußen in der frischen Luft auf dem Wege hinter der Stadt, wo sie ging, war ihr nur, als wüchse ihre Sehnsucht mit jedem Schritt.

Ein paar Tage später erhielt sie eines Morgens einen Brief von Bai. *»Das Bemerkenswerteste, was sich hier zugetragen hat«,* schrieb er, *»betrifft Huus. Vorige Woche reiste er nach Kopenhagen, in Geschäften, wie er sagte, und einige Tage nachher schrieb er dann an Kiær, denke nur, er möchte ihn aus seinen Diensten entlassen. Er habe Gelegenheit gefunden, nach Holland und Belgien zu reisen, schrieb er – infolge eines Stipendiums, denke nur, und würde einen Stellvertreter senden. Und dieser Stellvertreter kam gestern. Kiær flucht, und mir ist es auch sehr fatal, jetzt, wo wir uns so gut an diesen Philister gewöhnt hatten.«*

Der Brief lag aufgeschlagen vor Katinka auf dem Tisch. Sie las ihn wieder und wieder: Sie hatte nicht geahnt, daß sie doch noch gehofft hatte. Aber sie hatte geglaubt, es sei alles nur ein Traum: ein *Wunder* müsse geschehen. Sie *müsse* ihn wiedersehen, und er würde nicht reisen.

Und nun war er dennoch gereist. Gereist – weit fort.

Die Kinder ihres Bruders schwatzten um sie her bei ihrer Milch: »Tante – Tante Tik!«

Das zweitkleinste fiel vom Stuhl und brüllte.

»Herr Jesus, Emil ist gefallen«, sagte die kleine Frau.

Katinka hob Emil auf, wischte ihm das Gesicht ab, und ohne es selbst zu wissen, kehrte sie zu ihrem Brief zurück.

Gereist – und weit fort.

Aber jetzt wollte sie nach *Hause*, wollte daheim sein und nicht unter diesen *fremden* Menschen.

Wenigstens nach Hause wollte sie.

Es war am letzten Nachmittag vor ihrer Abreise. Das Kindermädchen war mit der ganzen Bande in den Park gezogen.

Katinka und die Schwägerin saßen allein im Zimmer. Die Schwägerin brütete über ihrem Kinderzeug.

Da legte die kleine Frau plötzlich mitten in ihrer Beschäftigung den Kopf auf den Nähkasten und schluchzte.

»Aber, Marie«, sagte Katinka, »aber, Marie ...«

Sie erhob sich und trat zu ihrer Schwägerin hin. »Was hast du denn, Marie?« fragte sie.

Die kleine Frau fuhr fort, in ihren Nähkasten hineinzuschluchzen.

Katinka umfaßte ihren Kopf und sprach ihr ruhig zu. »Aber, Marie – Marie!«

Die kleine Frau hob das Gesicht. »Ja«, sagte sie, »nun reist du ... Und du warst so gut zu mir ...«, sie schluchzte und legte wieder den Kopf über ihren Nähkasten, »so gut zu mir... Und bei mir ist es immer dieselbe Sache... Immer!«

Katinka war gerührt. Sie kniete auf dem Fußboden vor der kleine Frau und ergriff ihre Hände. »Aber, Marie«, sagte sie, »es wird ja anders werden.«

»Ja« – und die kleine Frau fuhr fort zu weinen, den Kopf an Katinka geschmiegt –, »wenn ich einmal alt geworden bin – oder wenn man stirbt...«

Katinka löste ihr die Hände vom Gesicht und wollte sprechen, aber dann gewahrte sie das kindliche Gesicht der Schwägerin, das von Tränen naß war, und die kleine verunzierte Gestalt, und sie ging still zurück an ihren Platz, während die kleine Frau weiter weinte.

Am Abend ging Katinka zum Friedhof. Sie wollte vom Grabe der Eltern Abschied nehmen.

Sie begegnete Thora. Diese hatte einen Kranz zum Grabe ihrer Mutter gebracht, deren Geburtstag war.

Die beiden Freundinnen standen zusammen vor dem Grab.

»Ja«, sagte Thora, »wenn wir erst alle hier liegen, die Nase in die Luft!«

Sie trennten sich an der Grabstätte von Katinkas Eltern.

»Man trifft sich stets wieder in dieser Welt«, sagte Thora.

Katinka betrat die Grabstelle und setzte sich auf die Bank unter der Weide. Sie blickte auf den toten Stein mit seinen Buchstaben, und ihr war, als habe sie alles auf der Welt – auch das Heim ihrer Kindheit – verloren.

Was war aus allem geworden? Grau und elend – alles.

Sie sah Thora vor sich mit ihren unruhigen Augen und hörte den Hauptmann sagen: »Das Porzellan ist gesprungen zu Ehren unseres Besuchs...«, und sie sah das Gesicht ihrer kleinen Schwägerin, wie sie geweint hatte.

Und hier – dieser Flecken mit dem toten Stein und den beiden Namen – das war jetzt die Erinnerung an ihre Jugend und an ihre Heimat.

Sie saß lange da und überschaute das Leben, das sie von nun an führen sollte, und es war ihr, als ob alles über ihr zusammenschlüge, eine einzige unfaßliche, unwiderruflich herandringende Hoffnungslosigkeit.

Sie stieg aus dem Waggon auf den Perron und ließ sich von Bai küssen, und Marie nahm ihr Gepäck; sie selbst hatte nur einen Gedanken, in die Zimmer zu kommen – hinein.

Es war ihr, als müsse Huus da drinnen sein und auf sie warten.

Und sie ging voran und öffnete die Tür zum Wohnzimmer, das reinlich und zierlich ihrer wartete, zum

Schlafzimmer, zur Küche, wo alles vor Sauberkeit glänzte; rein und – leer.

»Mein Gott – wie ist die Frau mager geworden«, begann Marie, die das Gepäck herbeischleppte.

Und nun ging das Erzählen los – über die ganze Gegend, während Katinka bleich und müde auf einen Stuhl gesunken war. Drüben im Krug hatten sie Sommergäste gehabt, die Betten und alles mitgebracht hatten, und der Pfarrhof war bis unter das Dach besetzt gewesen ...

Und Huus war fortgereist – ganz plötzlich ...

»Ja, ich dachte es mir ... Denn er war am letzten Abend hier bei uns, und mir war es akkurat, als ob er allen Dingen hier adieu sagte, hier drinnen in der Stube saß er ganz allein und draußen im Garten – und hier draußen auf der Treppe bei den Tauben.«

»Wann ist er gereist?« fragte Katinka.

»Jetzt ist es wohl zwei Wochen her.«

»Zwei Wochen ...?«

Katinka erhob sich still und ging in den Garten hinaus. Sie durchschritt alle Gänge; zu den Rosen, hinab zum Holunder: *Hier* war er gewesen, um ihr Lebewohl zu sagen – auf jedem Fleck, an jeder Stelle. Sie hatte keine Tränen. Sie empfand fast etwas wie eine stille Feierlichkeit ...

Da ertönte fröhliches »Hallo!« vom Wege her. Sie hörte Agnes' Stimme in einem großen Chor. Sie fuhr beinahe in die Höhe: Hier wollte sie sie nicht gleich sehen.

Agnes flog mit ihrem Willkommen zu ihr hin wie ein großer Hund und hätte sie fast überrannt; und die ganze Gesellschaft vom Pfarrhof kam zur Schokolade ins Haus. Es wurde ein Tisch im Garten unter dem Holunder gedeckt, und alle blieben bis zum Achtuhrzug.

Der Zug brauste davon, und sie waren wieder fort – man hörte sie auf dem Weg lärmen; Peter, der Bahnarbeiter, hatte die Milchkannen beiseite gestellt, und Katinka saß allein auf dem Perron.

»Ja«, sagte Bai vom Fenster, »von Huus soll ich dich grüßen...«

»Danke.«

»Hm, wie die Tage kurz werden... Und verteufelt kalter Wind... Du solltest lieber hereinkommen...«

»Ja, ich komme.«

Bai schloß das Fenster.

Der Lärm der Gesellschaft vom Pfarrhof erstarb. Alles war still und öde.

Katinka blieb vor den schweigenden, dämmernden Feldern sitzen. *Hier* sollte sie nun leben.

Ida, die Jüngste, hatte es ja in all ihren Briefen während des letzten Monats geschrieben, aber Frau Abel wagte es nicht zu hoffen. Ihr Ida-Kind war so sanguinisch.

Nun setzte sie sich, den Brief in der Hand, auf das nasse Schüsseltuch neben den Herd und heulte.

Louise, die Älteste, hatte einen Spaziergang gemacht, um Champignons in der Nähe der Doktorswohnung zu suchen. Als sie nach Hause kam, saß die Witwe noch auf ihrem Küchenstuhl und wiegte sich hin und her.

»Was ist denn los?« fragte Louise, die Älteste; ihr schien, die Mutter sah so sonderbar aus.

»Ida – meine Jüngste...«, begann die Witwe zu heulen.

»Unsinn«, sagte Louise, die Älteste. Die Mutter reichte ihr den Brief mit der Geste einer Heldenmutter in der Tragödie.

Louise, die Älteste, las den Brief kaltblütig. »Das ist ja gut«, sagte sie, »für sie. Sie hat ja einen *ganzen* Sommer dazu gehabt.«

Louise, die Älteste, ging ins Zimmer und hämmerte auf das Klavier los. Dann, wie sie so dasaß, fing auch sie an zu heulen, den Kopf auf die Tasten gelegt. »Du willst wohl gratulieren«, sagte sie plötzlich mitten in ihrem Weinen.

»Was sagst du?«

»Ich sage, du mußt wohl gratulieren«, erwiderte Louise, die Älteste, und trocknete die Augen. Sie begann sich in die neugeschaffene Situation zu fügen.

»Ja, mein Kind«, sagte die Witwe matt.

»Ich kann ja die Depesche hinunterbringen. Ich gehe auf dem Pfarrhof vorbei... Und du gehst zur Jensen und zum Müller...« Louise, die Älteste, entwarf den Feldzugsplan. Sie begriff, daß sie wenigstens jetzt *Schwägerin* geworden war.

Sie war kindlich erfreut und rief: »Es lebe das Postwesen«, als sie von der Station zurücklief – und schwenkte ihren Sonnenschirm.

Er war nämlich an der Post.

Die Witwe lief überglücklich von der Jensen zum Müller und weinte, daß sie nun ihre Taube verlieren sollte. »Joachim Barner – von den adligen Barners«, sagte die Witwe. »Er ist bei der Post tätig.«

Im Pfarrhause traf die Witwe mit ihrer Ältesten zusammen.

»Ja, ich fühlte doch das Bedürfnis, es unserem Seelsorger selber mitzuteilen.« Die Witwe Abel brauchte wieder ihr Taschentuch. »In solch ernsten Augenblicken«, sagte sie.

Der alte Pastor schlug sich auf den Bauch vor Vergnügen. Der Erdbeerlikör kam auf den Tisch und kleine Kuchen. Frau Linde saß auf dem Sofa mit Frau Abel, um zu erfahren, wie es »gekommen« sei. Es war in einem Lusthaus – am Strande – »gekommen«.

Der alte Pastor stieß mit Louise, der Ältesten, an.

»Na, na, man weiß, wie es geht, wenn erst der Anfang gemacht ist... Dann kommt *Bewegung* in die Dinge«, sagte der alte Pastor.

»Herr Pastor – der Gedanke, beide herzugeben, meine letzte auch...« Die Witwe bekam einen Anfall von schüchterner Zärtlichkeit gegen ihre Letzte.

Die »Letzte« war aus Anlaß des Tages so zärtlich wie ein kleines Füllen.

»Da kann sie am Ende noch ein recht netter Mensch werden«, meinte Frau Linde; sie setzte die Kuchenteller zusammen, als die Gäste fort waren. »Es ist doch ein guter *Kern* in ihnen, Linde.«

»Gott weiß, was Agnes sagen wird ...«

Agnes war mit einigen jungen Leuten im Walde.

»Na, Gott sei gelobt!« sagte sie bei der Heimkehr, als sie es hörte.

»Daß Gott erbarm, sie erdrücken ja den kleinen Mann«, sagte Agnes; sie stand an der Perronpforte und schaute zu der Familie Abel, die ihren Schwiegersohn abgeholt hatte.

Der kleine Mann flog zwischen den Gliedern der Familie Abel so hilflos hin und her wie eine Kaffeebohne in der Mühle.

»Nun«, sagte Agnes, »ihm sieht man doch an, daß er Wasser im Kopf hat.«

»Ja«, sagte sie, indem sie die Pforte schloß, »jetzt sind sie ›glöcklich‹.«

Sie setzten sich unter den Holunder. Plötzlich sagte Agnes: »Jetzt reise ich ... nächste Woche. Ich habe es zu Hause gesagt. Dieser Zustand ist ja nicht auszuhalten.« Agnes zerriß die auf den Tisch herabgefallenen Blätter in kleine Stücke. »Einmal muß es doch ein Ende haben.«

Katinka starrte vor sich hin. »Glauben Sie, Agnes,

daß man seinem Kummer fortlaufen kann?« sagte sie ruhig.

»Man bekommt ja auch *Arbeit* – das Lehrerinnenexamen ... Es gibt ja weiter nichts ... Denn sich hinter eine Glasscheibe in einem Postamt zu setzen, ist doch *zu* amüsant ... Und zu etwas Ernstem ist es zu spät.«

Katinka nickte. »Ja«, sagte sie, »das ist es.«

»Hm«, sagte Agnes, »viele Chancen haben wir Frauen eigentlich nicht. Die ersten fünfundzwanzig Jahre unseres Daseins tanzen wir herum und warten darauf, verheiratet zu werden – und die letzten fünfundzwanzig Jahre setzen wir uns hin und warten darauf, begraben zu werden ...«

Agnes legte die Ellenbogen auf den Tisch und stützte den Kopf in die Hände. »Herrlich!« sagte sie vor sich hin.

Plötzlich hielt sie die Hände vor das Gesicht und brach in Tränen aus.

»Und wie man sich dann sehnen wird!« sagte sie.

Sie weinte lange, das Gesicht in den Händen. Dann ließ sie die Arme auf den Tisch fallen. Sie sah Katinka an; die schöne Frau saß vornübergeneigt da, die Hände im Schoß; langsam liefen ihr die Tränen über die Wangen.

»Wie gut Sie sind«, sagte Agnes und beugte sich zu ihr ..., »schöne Frau ...«

In der folgenden Woche reiste Agnes Linde.

Die Familie Abel war ein wahrer Taubenschlag. Man machte sich durch verliebte S-Laute und kurzes Aufschreien verständlich.

»Mich nennt er ›Musse-Mutter‹«, sagte die Witwe. »Ja, Namen gibt er uns!«

Wenn Besuch da war, hingen die Verlobten müde auf ihren Stühlen, bis eines von ihnen »Busse-Bisse« sagte, dann verschwanden sie hinter den Türen.

»Das ist ihre Sprache«, sagte die Witwe. Ihre Sprache war freilich etwas schwierig für Fremde.

Wenn der Besuch sich verabschieden wollte, wurde eine Viertelstunde lang nach »Basse« und »Bøsse« gerufen. »Sie sind gewiß im Garten«, sagte die Witwe. Basse und Bøsse waren fast immer im Garten; sie verbargen sich überall, wo das Grün ein bißchen dichter war.

Wenn Basse und Bøsse zum Vorschein kamen, sahen sie knallrot und verwirrt aus.

Louise, die Älteste, und der kleine Mann lebten in fortwährenden kleinen Gefechten mit Handgreiflichkeiten. Der kleine Mann gab ihr schwägerliche Küsse und kitzelte sie hinter den Türen.

In Gesellschaft waren sie alle schläfrig und saßen in den Ecken. Bei Tisch rief die Witwe »ihren Drei« mit süß klingender Stimme ein »Busse« zu. Sie wußte selbst nicht, was es bedeutete.

Wenn sie abends zu Hause waren, wurde kein Licht angezündet. »Wir halten Dämmerstunde«, sagte die Witwe, »alle zusammen.«

Der kleine Mann saß zwischen Bøsse und Lisse-Sa auf dem Sofa. Fräulein Jensen und die Witwe ließen mitunter im Halbdunkel ein Wort fallen. Vom Sofa her erklang hin und wieder ein leises Krachen. So saßen sie ganze Stunden lang.

Wenn Fräulein Jensen in ihr eigenes Zimmer trat, küßte sie ihren Bel-Ami auf die kalte Schnauze.

Mitunter gingen Basse und Bøsse über die Felder hinab zum Abendzug. Sie gingen auf dem Perron auf und nieder und guckten einander in die Augen. Wenn sie umkehrten, küßte der kleine Mann Bøsse-Sa aufs Ohr.

Katinka saß auf der Perronbank mit Huus' blauem Schal um die Schultern; wenn der Zug fort war, hörte sie die Verlobten auf dem Feldwege schäkern.

Katinka erhob sich und ging hinein. Die Tage wurden kurz, man mußte bereits zum Tee Licht anzünden.

»Die Lampe, Marie«, rief sie.

Marie trat ein und stand mit der Lampe am Klavier. Das Licht fiel auf Katinkas kleines, schmales Gesicht und die weißen, durchsichtigen Hände, die auf den letzten Tasten liegenblieben.

»Rufe Bai zum Tee«, sagte Katinka. Sie stützte sich auf das Klavier, um sich vom Stuhl zu erheben. Sie war stets so müde, als hätte sie Blei in den Beinen.

Sie tranken Tee, und Bai las die Zeitungen zu seinem Grog.

Katinka nahm ein Buch aus der Mappe. Es waren alles diese »modernen« Bücher: Agnes und Andersen hatten sich stets über sie gezankt.

Das Buch lag aufgeschlagen unter der Lampe. Katinka kam nie weiter als bis zur zwanzigsten Seite; das Leben war es doch nicht, und auch keine wirkliche Dichtung, die die Gedanken fesseln konnte.

Sie suchte ihr Poesiealbum hervor; sie hatte »Marianna« hineingeschrieben mit einem Datum. Und wenn sie das Buch wieder fortlegte, blieb sie vor der Schublade stehen, ehe sie sie zumachte. Das kleine japanische Teebrett war in den vergilbten Brautschleier eingepackt.

Sie ging auch hinaus in die Küche. Sie hatte ihren Lieblingsplatz auf dem Haublock in der Ecke.

Marie nähte bei einem Talglicht auf dem Tisch und ließ die Zunge laufen. Sie war eine treue Seele, die alte Liebe nicht vergaß.

Sie schwatzte immer von Huus und wie einsam es jetzt geworden sei.

Katinka saß schweigend in ihrer Ecke. Mitunter zitterte sie, als ob sie friere, und sie drückte die Arme fest auf ihre Brust.

Marie, das Mädchen, schwatzte weiter, ihr großes, rotes Gesicht dem einsamen Licht zugewendet.

»Wir müssen wohl zu Bett«, sagte Bai, indem er die Tür öffnete.

»Ja, Bai...«

»Gute Nacht, Marie.«

Der Herbst kam mit schwermütigen Nebelschleiern über den Feldern. Der Himmel hing niedrig über Tagen, die sich im Halbdunkel von Nacht zu Nacht hinschlichen.

»Sie müssen sich zusammennehmen, kleine Frau«, sagte der junge Doktor, »Sie müssen sich aufraffen.«

»Ja, Herr Doktor.«

»Und *gehen*. Sie müssen Bewegung haben. Sie haben ja gar keine Kraft mehr.«

»Ja, Herr Doktor, ich werde schon gehen.«

»Und sonst nichts Neues?« Der Doktor stand auf. »Haben Sie Nachricht von Fräulein Agnes?«

»Ja neulich.«

»Es heißt, Pastor Andersen soll sich fortmelden...«

»Das habe ich gehört«, sagt Katinka. »Alle reisen von hier fort...«

»Oh, nein, kleine Frau, einige bleiben auch hier.«

»Ja, *wir bleiben hier*, Doktor.«

»Es steht nicht gut mit Ihrer Frau«, sagt der Doktor draußen im Büro, wo er sich eine Zigarre anzündet.

»Nein, verteufelte Geschichte«, sagt Bai.

»Sie hat keine Kräfte... Na, guten Morgen, Inspektor.«

»Ja, zum Teufel... Na, Morgen, Doktor.«

»Du mußt *gehen*, Tik«, sagt Bai, wenn er nach Abfahrt des Güterzuges zu ihr hineinkommt. »Du tust auch gar nichts dafür.« Katinka ging. Sie schleppte sich in Wind und Wetter über die Felder.

Sie ging zur Filialkirche. Außer Atem ruhte sie auf dem großen Stein vor der Kirche aus. Der Kirchhof lag flach und blumenlos hinter der weißen Mauer, nur die Buchsbaumhecken standen steif um die steifen Kreuze mit den Namen.

Sie ging wieder heim – über die Wiesen. Der Mittagszug kam lärmend über die Brücke und schlängelte sich von dannen. Wie ein dunklerer Fleck im Grau des Nebels lag der Rauch eine Weile, bis er sich auflöste.

Diesseits des Baches wurde gepflügt; die Erde wurde in langen Furchen hinter dem ruhigen Pfluge aufgewühlt.

Katinka kam nach Hause.

Der Müller war dort gewesen oder der Kiærsche Verwalter. »Schneidiger Kerl, du, der Svendsen«, sagte Bai zu Katinka. »Er weiß mit allem Bescheid ... Schneidiger Kerl, du.«

»Ich kann ja nicht beurteilen, wie er bei seiner Arbeit ist«, sagte er zu Kiær.

Kiær brummte etwas.

»Aber ein schneidiger Kerl ist er, ein ›Gleichgesinnter‹, du, alter Kiær.«

Svendsen sammelte obszöne Karten und Bilder in geschlossenen Kuverts. Er brachte sie mit auf die Station, und Bai und er besahen sie beim Grog.

»Gucken wir ein bißchen ins ›Archiv‹«, sagte Svendsen.

»Meinetwegen gern.« Bai war stets bereit.

Svendsen bekam die »Neuheiten« aus Hamburg unter Nachnahme zugesandt.

»Verteufelte Schweinerei!« sagte Bai vergnügt. Er sprach stets leiser, wenn sie beim »Archiv« waren, obwohl die Tür geschlossen war.

»Verteufelte Schweinerei, alter Svendsen!« sagte er und hielt die Karten gegen die Lampe.

Sie fuhren fort, die Karten zu besehen. Bai rieb sich die Knie. »Aber diese ist hochfein«, sagte er. »Die ist schwierig«, sagte er.

Svendsen rieb sich die Nase und schnüffelte.

»Ein feiner Braten«, sagte er.

Sie waren mit den Bildern zu Ende und saßen ziemlich still vor den Grogsgläsern. Es war, als wenn Bai förmlich zusammenfiel.

»Ja«, sagte er, »aber wie ist das *Leben*, Svendsen – wie ist das Leben, alter Junge – mit einer schwächlichen Frau?«

Svendsen antwortete nicht.

Bai seufzte und streckte die Beine von sich ...

»Ja, alter Junge«, sagte er, »ja, das ist kein Vergnügen.«

Svendsen hatte in philosophischem Schweigen dagesessen, jetzt stand er auf. »Nein, man weiß bei Gott nicht, was einem an der Wiege gesungen wird«, sagte er.

Bai erhob sich und öffnete die Tür zur Wohnstube.

»Was«, rief er, »du sitzt im Dunkeln?«

»Ja«, Katinka stand aus der Ecke auf, »ich saß ein bißchen im Dunkeln... Wünschst du etwas, Bai?«

»Ich begleite Svendsen ein Stück«, sagte Bai.

Katinka kam herein, um adieu zu sagen.

»Sie sind noch immer ein bißchen blaß, Frau Bai«, sagte Svendsen und fühlte in den Taschen nach, ob er seine Sammlungen hätte.

Bai war fertig, und man verabschiedete sich.

»O bitte sehr – Sie müssen im Zimmer bleiben, Frau Bai – es ist viel zu kühl.«

»Ich komme nur bis zur Pforte mit«, sagte sie.

Sie traten auf den Perron hinaus. »Es ist sternenklar«, sagte Bai.

»Das bedeutet Kälte. Gute Nacht, Frau Bai.«

Die Pforte schlug zu.

»Gute Nacht.«

Katinka stand an die Pforte gelehnt. Die Stimmen erstarben. Katinka hob den Kopf; ja – der Himmel war klar, und alle Sterne glänzten...

Als wolle sie dem toten Holz ihre Not klagen, beugte Katinka sich hinab und schlang die Arme um den feuchten Türpfosten.

Lindes kamen jetzt oft des Abends. Die beiden Alten entbehrten Agnes sehr.

Und Andersen wollte auch fort.

»Er wollte ja weg«, sagte der alte Pastor, »und nun

kann man riskieren, daß man einen Pietisten herbekommt.«

Pastor Andersen hatte eine Stelle an der Westküste bekommen.

Frau Linde weinte verstohlen.

»Ach, mein Gott, ich habe es ja gesehen«, sagte sie. »Ich habe es ja sehr gut gesehen. Aber sie wissen nicht, was sie wollen, Frau Bai, sie wissen nicht, was sie wollen, mein Kind...

Das ist die Jugend – eine andere Jugend heute, liebe Frau Bai. Sie grübeln so lange darüber, ob sie sich lieben, bis jedes seiner Wege geht, und dann sind sie unglücklich fürs ganze Leben...

Als Linde um mich freite, mein Kind, da zählte ich an meinen Knöpfen ab – und wir haben jetzt *dreißig* Jahre lang Böses und Gutes miteinander getragen...

Aber wenn wir beiden Alten einmal unsere Augen schließen, dann bleibt unsre Agnes als alte Jungfer zurück.«

Die Herren kamen herein. Der alte Pastor wollte seinen Whist spielen.

Wenn der alte Pastor da war, fühlte Katinka sich am wohlsten. Es war, als brächte er eine solche Ruhe mit, wenn er mit seinem Käppchen dasaß und mit dem freundlichen alten Gesicht einen Zweipfennigwhist fein und durchdacht spielte.

»Sehen Sie wohl, mein Freund«, sagte er, wenn er die Stiche einzog.

Die beiden Alten stritten sich.

»Es ist, wie ich dir sage, Linde...«

»Wenn du mir nur glauben wolltest, mein Kind...«, und der breitete die Stiche aus.

»Sie sind dran, kleine Frau.«

Katinka war zusammengesunken, sie saß und sah die beiden Alten an.

»Karodame..., da sehen Sie.«

Der letzte Robber wurde mit einem Blinden gespielt. Katinka ging hin und her und ordnete den Tisch. Man aß immer besser und besser bei Bais. Bai hatte so viele Leibgerichte, die Katinka bereitete.

An manchen Tagen war sie von morgens früh in der Küche, und briet und kochte nach Rezepten und Kochbuch. Schwierige Sachen, die viel Arbeit erforderten.

Müde setzte Katinka sich auf den Haublock und hustete.

»Aber, Frau Bai, Sie schinden sich noch die Schwindsucht an den Hals, nur damit die fremden Leute sich den Mund vollstopfen können – das wird noch das Ende sein«, sagte Marie.

»Willst du Genever haben?« fragt Katinka.

»Wenn du welchen hast...«

Wenn Bai nickte, sah man, daß er ein Doppelkinn bekommen hatte. Er setzte überhaupt an, mit einer kleinen koketten Rundung unter der Weste und Grübchen an den Knöcheln.

»So, nun ist alles fertig«, ruft Katinka.

»Danke, mein Kind«, sagt Bai.

Bai hatte in letzter Zeit etwas Sultanartiges bekommen. Das kam vielleicht mit der Korpulenz.

»Danke, mein Kind, wir spielen noch zu Ende«, sagt er wieder.

Katinka setzt sich auf einen Stuhl am Tisch und wartet. Der alte Pastor läßt den Blick von Bai über den gedeckten Tisch und dann zu der stillen Frau hinüberschweifen. Katinka stützt den Kopf in die Hand.

»Sie, Herr Bahnrat«, ruft der alte Linde zu Bai hinüber.

Katinka steht auf. Es war etwas auf dem Tisch vergessen... Die Tür schließt sich hinter ihr, und der alte Pastor blickt wieder auf den hell erleuchteten Tisch und dann auf Bai, der die Karten über dem koketten Ansatz hält.

»Ja, Inspektor«, sagt der alte Pastor, »Sie sind ein glücklicher Mann in Ihrem Haus.«

Später sitzen sie bei Milchpunsch und Kuchen. »Das sind gute Ehemänner, die gern Süßes essen«, sagte Frau Linde. Bai will noch mehr Vanillekringel aus dem Blechkasten haben.

Und sie knabbern weiter im Kreise um die Lampe.

»Wollen Sie nicht ein bißchen spielen?« sagte Frau Linde.

»Oder uns ein Lied singen – eins von Agnes' Liedern?« sagt der alte Pastor.

Katinka geht ans Klavier, und sie singt gedämpft mit ihrer schwachen Stimme das Lied von Marianna.

Der alte Pastor hört mit gefalteten Händen zu, und Frau Linde läßt das Strickzeug sinken.

»Unterm Rasen jetzt begraben
arme Marianna,
wie wir sie betrauert haben,
arme Marianna!«

»Danke«, sagte der alte Pastor.

»Danke, kleine Frau Bai«, sagte Frau Linde.

Sie sah die Maschen nicht recht, ehe sie ihre Augen getrocknet hatte.

Katinka blieb sitzen, den andern den Rücken zugekehrt. Langsam fielen Tränen von ihren Wangen auf die Tasten.

»Ja, die Jugend heutzutage hat viele Ideen«, sagte der alte Pastor. Er blickte vor sich hin und dachte an Agnes.

Sie standen auf, um zu gehen, und Frau Linde zog sich im Schlafzimmer an. Die beiden Lichter vor dem Spiegel brannten, und es war so hell und traulich mit all dem Weißen um das Bett und den Toilettenspiegel.

»Ja«, sagte Frau Linde, »wenn wir Agnes in einem solchen Heim sehen könnten.« Sie schluchzte noch, während sie ihr Hutband knüpfte.

»Ich begleite Sie«, sagte Bai, »man muß ein bißchen Bewegung haben...«

»Ja«, sagte der Pastor, »nach dem Aal in Gelee

muß man sich bewegen. Man ißt zu gut auf der Station. Mutter hat mir verboten, sonnabends den Fuß über diese Schwelle zu setzen.«

»Ich gehe nicht weiter«, sagte Katinka und blieb in der Tür stehen. »Der Doktor will, daß ich mich mit meinem Husten in acht nehme.«

»Ja, gehen Sie nur hinein, der Herbst ist die schlimmste Zeit.«

»Gute Nacht, gute Nacht.«

Katinka ging hinein. Sie holte einen alten Brief von Agnes hervor – zerknittert und zerlesen – und las ihn unter der Lampe:

»*... Und dann hatte ich gehofft, daß die erste Zeit die schlimmste sei, und daß die Zeit heilen würde. Aber die erste Zeit war ganz gut und nichts gegen die Gegenwart; denn zuerst ist es ein Schmerz, wo alles nahe ist, aber wenn es sich so verliert, Tag für Tag mehr, wie Dünen, die wandern, und jeder neue Morgen, der uns weckt, uns nur immer weiter entfernt. Und Neues kommt nicht, Katinka, kein Schatten, nur das Alte, die Erinnerungen, die wir wieder und wieder aufzupfen, über die wir nachdenken... dann ist es, als sauge ein Vampir an unserm Herzen. Erinnerungen sind ein Unglück für Körper und Seele...*«

Katinka lehnte sich zurück, den Kopf gegen die kalte Wand. Ihr Gesicht war sehr bleich im Lampenschein. Sie hatte keine Tränen mehr.

Bai kam nach Hause.

»Es ist spät geworden«, sagte er, »weiß der Teufel,

wie die Zeit vergeht... Ich ging noch mit Kiær in den Krug...

Er wollte durchaus spendieren... Ich begegnete ihm... auf dem Heimwege.«

»Ist es spät geworden?« sagte Katinka nur.

»Ja – es ist nach eins...« Bai begann sich auszuziehen. »Der Teufel hole dieses Nachhausebegleiten«, sagte er.

Bai begleitete in der letzten Zeit die Leute stets »nach Hause«.

Er ging bis an den Krug mit. »Na, jetzt muß man wohl nach Hause und Haus und Herd hüten«, sagte er und verabschiedete sich von den Gästen.

Er besorgte das im Kruge bei einem Mädchen, das im Sommer kurze Puffärmel über ein paar weichen Armen gehabt hatte. Die Uhr wurde eins, und es wurde zwei, während er »das Haus hütete«.

»Du kannst ja auch zu Bett gehen«, sagte er zu Katinka, »was sitzt du hier in der Kälte.«

»Ich wußte nicht, daß es so spät sei...«

Das Bett krachte unter Bai, der sich ausstreckte.

Katinka setzte die Blumen in Reihen auf den Fußboden. Sie hustete, wenn sie sich bückte.

»Verdammte Gicht«, sagte Bai, »wie das zwickt.«

»Ich kann dir ja die Arme einreiben«, sagte Katinka.

Jeden Abend wurde die Prozedur vorgenommen, daß Katinka Bai die Arme mit einer Wundersalbe gegen die Gicht einrieb.

»Ach, laß es jetzt nur«, sagte Bai. Er drehte sich ein paarmal um und schlief ein.

Katinka hörte den Nachtzug. Er lärmte über die Brücke und kam klappernd heran. Dann war er vorübergesaust.

Katinka barg ihr Gesicht in den Laken, um Bai nicht mit ihrem Husten zu wecken.

Der Winter kam und Weihnachten. Agnes war nach Hause gekommen, und am Heiligen Abend kam das »Postwesen« zu Abels.

Die kleine Jensen und Bel-Ami waren auf der Station wie im vorigen Jahr. Jetzt wurde Bel-Ami ganz offiziell getragen.

»Er ist blind geworden«, sagte die kleine Jensen. Das Tier war so faul, daß es die Augen nicht aufmachen mochte.

Als der Baum angezündet war, brachte Bai ein verschlossenes Telegramm und legte es auf Katinkas Tisch.

Das Telegramm war von Huus...

Bai und der kleine Bentzen schlummerten im Büro. Katinka und die Jensen saßen im Zimmer, wo die Lichter des Weihnachtsbaumes niederbrannten.

Die kleine Jensen nickte ein und stieß im Schlaf mit dem Kopf gegen das Klavier...

Katinka blickte auf den erloschenen Baum. Ihre Hand glitt leise über Huus' Telegramm, das in ihrem Schoß lag.

VI

Der Winter verging und der Frühling und der Sommer, der über den Feldern lächelte.

»Traurige Sache, alter Freund«, sagte Bai zu Kiær, »gestern bin ich in die Dachkammer hinaufgezogen. Ein Mann muß doch seine Nachtruhe haben, wenn er am Tage seine Geschäfte wahrnehmen soll.«

Katinkas Husten schallte durch das Haus.

Marie, das Mädchen, brachte ihr Wein und Wasser und blieb am Bett ihrer Herrin stehen. Es war, als ob der Husten ihre Brust sprengen wollte.

»Danke, danke«, sagte sie. »Geh hinein und schlafe.« Sie atmete schwer. »Wie spät ist es?«

»Halb vier ...«

»So!« – Katinka legte sich im Bett zurück. »Nicht mehr?«

Marie schlich auf bloßen Füßen zu ihrem Sofa, und bald darauf hörte man ihren tiefen Atem. Der helle Fleck von der Nachtlampe hinter dem Bett zeichnete sich an der Decke ab: Katinka lag mit geschlossenen Augen da.

Vormittags war sie auf. Sie saß in Decken gehüllt draußen auf der Perronbank in der Sonne.

Der schlanke Zugführer mit den Indiskreten führte den Mittagszug. Er sprang ab und fragte nach ihrem Befinden.

»Sie sollen sehen«, sagte er, »die klare Herbstluft ...«

»Vielleicht«, sagte Katinka und reichte ihm ihre feuchte, matte Hand.

Bai und der Zugführer gingen den Perron entlang.

»Beide Lungen«, sagte Bai. Er hatte die Gewohnheit angenommen, sich mit zwei Fingern über die Augen zu wischen …

»Gottes Wille geschehe«, sagte er seufzend.

Der Zug setzte sich in Bewegung. Der »Indiskrete« sprang hinauf; er sah immer noch nach Katinka zurück, die dort so klein und blaß in der Sonne saß.

Es tat ihm wirklich leid, recht leid …

Ja, es war wirklich sehr traurig.

Es hatte wahrhaftig im letzten Winter Momente gegeben, wo er sich allerhand gedacht hatte … Sie saß oft auf der Perronbank und schaute so sehnsüchtig vor sich hin …

Er hatte ein paarmal abends bei Bai einen Grog getrunken, aber er war von seiner Idee wieder abgekommen.

Es war nur die Krankheit gewesen, die im Anzug war …

Der Zug schaukelte über die Wiesen hin. Himmel und Ebene schimmerten in der hellen Herbstluft.

Die Stare lärmten auf den Telegrafendrähten und sammelten sich in Schwärmen.

»Jetzt ziehen sie fort«, sagte Katinka. Sie folgte mit den Augen den davonziehenden Scharen unter dem klaren Himmel.

Der Doktor kam und setzte sich zu ihr. »Nun, wie geht es?«

»Ich sammle Kräfte«, sagte sie, »für morgen.«

»Für morgen? – Ja, ganz recht, es ist ja der Geburtstag.«

»Ja.«

»Aber es bleibt bei unserer Verabredung, kleine Frau.«

»Ja – sobald sie gegessen haben, gehe ich zu Bett.«

Es war Bais Geburtstag. Katinka wollte, daß er seine Party haben sollte. Sie hatte schon lange davon gesprochen: sie wolle bis zu Tisch aufbleiben. Nachher gingen sie ja doch zu Bai hinein und spielten – dann würden sie gar nicht merken, daß sie krank sei...

»Diesen einen Tag wenigstens«, sagte sie.

»Jetzt sollten Sie hineingehen«, sagte der Doktor.

»Ja«, Katinka stand auf...

»Lassen Sie mich Ihnen helfen...«

»Danke, nur die Treppe«, sagte sie, »die Treppen werden mir immer so schwer.«

Ihre bleischweren Füße vermochten nicht die drei kleinen Stufen hinaufzukommen.

»Danke, Doktor. Aber mein Schal...«

Der Doktor nimmt den blauen Schal von der Bank. »Ihr Lieblingsstück«, sagt er.

Katinka dreht sich in der Tür um und blickt über die Felder hin. »In dieser Zeit ist es hier schön«, sagt sie.

Nachmittags wurden ihr alle Sachen zu den Salaten auf den Zimmertisch gebracht. Sie schnitt rote Bete und Kartoffeln in kleine Stücke auf einem kleinen Brett.

Fräulein Jensen kam zu Besuch. Katinka nickte ihr zu.

»Ja, das kann ich doch noch«, sagte sie.

»Gibt es etwas Neues?« fragte sie, indem sie sich zurücklehnte. Ihre Hände waren so müde, und es tat ihrer Brust weh, die Arme hochzuhalten.

»Ich habe Abels so lange nicht gesehen ...«

»Sie hoffen ja jetzt auf Barners Anstellung«, erwidert die kleine Jensen.

»Ja, er bemüht sich ja ...«

Die kleine Jensen bekommt ihre Tasse Kaffee. »Gib mir das Öl, Marie«, sagt Katinka. Sie bekommt eine Batterie von Flaschen und großen Schalen. »Wie schwer die ist«, sagt sie. Sie kann kaum die große Essigflasche heben. Sie kostet und rührt in den Schüsseln.

»Nein«, sagt sie plötzlich und schiebt die Schüsseln von sich, »nein, ich habe keinen Geschmack mehr.«

Sie sitzt müde mit geschlossenen Augen da. Rote Flecken haben sich über ihre Wangen verbreitet.

»Aber ich könnte doch helfen«, sagt die kleine Jensen.

»Ach, Marie kann es. Ich muß ins Bett.«

Aber den ganzen Nachmittag muß Marie alles hin-

und hertragen, so daß sie es sehen kann, während sie im Bett liegt. Sie richtet sich im Bett auf, während es in ihrer Brust brennt. »Ja«, sagt sie, »Bai ist es so gewohnt.«

Marie muß das feine Porzellan, die Gläser und die guten Messer und Gabeln in das Schlafzimmer bringen, sie putzen und reiben und auf dem Tisch ausbreiten.

Katinka liegt da und zählt und rechnet, während ihre Augen im Fieber glänzen.

»Daß auch alles da ist«, sagt sie.

Sie liegt etwas matt da und scheuert ihr trockenes, fieberhaft brennendes Gesicht gegen das Kissen.

»Die Löffel zum Grog, Marie«, sagt sie dann, »wir haben die Löffel zum Grog vergessen.«

»Wir können sie wohl auf Huus' Teebrett legen«, sagt Marie. Sie bringt die Löffel auf dem kleinen japanischen Tablett herein.

»Nein, nicht auf das...« Katinka richtet sich halb im Bett auf.

»Gib mir das Teebrett«, sagt sie. Sie nimmt es und hält ihre brennenden Handflächen auf den kühlen Lack. Still bleibt sie mit Huus' Teebrett in den Händen liegen.

Bai kommt herein und sieht all das Porzellan und die Gläser, die geputzt und blank auf dem Tisch stehen.

»Dummheiten, Kind«, sagt er, »Dummheiten – ich habe es ja gesagt...

Du liegst nun da und wirst immer elender..., Tik.« Er nimmt ihre Hand: »Ja – wie heiß du bist...«

»Ach, das ist nichts«, sagt Katinka und macht leise ihre Hand aus der seinen los. »Wenn nur nichts fehlt...«

Bai beginnt zu zählen.

»Kompott soll doch wohl auf den Tisch?« sagt er.

»Ja.«

»Na ja, da ist nicht eine einzige Schale.«

»Dann sind sie vergessen.

Ja, wenn man nicht selbst dabei sein kann, Bai«, sagt Katinka, indem sie in die Kissen zurücksinkt.

Die Gesellschaft bestand aus den »alten Kumpanen«, wie Bai sie nannte.

Er meinte damit die Gleichgesinnten.

Die Gleichgesinnten waren drei Gutsbesitzer, Kiær an der Spitze, und Bai als vierter Mann.

Svendsen schloß sich als außerordentliches Mitglied an.

»Das ist ein *interessanter* Kerl«, sagte Bai zu Katinka. Katinka hatte nie gemerkt, daß Herr Svendsen interessant war. Wenn sie anwesend war, begnügte er sich damit, die Nägel zu putzen oder am Schnurrbart zu kauen.

»Bring ihn mit, Kiær«, hatte Bai gesagt, »er ist so gut als fünfter Mann zu gebrauchen!«

Katinka öffnete selbst die Tür zum Büro. »Es ist angerichtet, Bai«, sagte sie.

Die Herren traten ein: Katinka war völlig angekleidet, mit einer hohen Halskrause um das kleine, magere Gesicht.

Kiær führte sie zu Tisch.

Sie sprachen von ihrer Krankheit: Oh, sie solle nur sehen, der Winter sei die beste Zeit... Die stille, klare Kälte – das gäbe Kraft.

»Ja, die stille, klare Kälte.«

»Darauf wollen wir anstoßen«, sagte Bai. Es wurde getrunken. »Aber austrinken«, sagte Bai.

Die Gleichgesinnten hatten beim Essen die Servietten mit einer Nadel um den Hals befestigt. Sie berochen jeden einzelnen Happen von der Mayonnaise, bevor sie ihn genossen. »Öl!« sagte Gutsbesitzer Mortensen schnüffelnd.

Auf Katinkas Teller lagen ein paar kleine Bissen. Sie saß ganz aufrecht, weil sie Schmerzen in der Brust hatte. Die Gabel zitterte in ihrer Hand, wenn sie zu essen versuchte. »Nimm es fort, Marie«, sagte sie.

Die Enten wurden aufgetragen, und Kiær toastete auf Bai: Bei ihm wisse man, wo »das Herz« und »der vierte Mann« sitze. »Ein Hoch auf ihn!«

Es wurde lebhafter, und man trank einander zu. Man sprach über Zentrifugen und über einen neuen Viehtarif.

»Prost, Alter – auf ein gutes Jahr!«

Bai trank wieder.

Katinkas Wangen brannten, sie sah die Gesichter

wie durch einen grauen Schleier. Sie drückte sich fest gegen die Stuhllehne und sah zu Bai hinüber, der unaufhörlich aß.

»Das *schmilzt* auf der Zunge – schmilzt auf der Zunge«, versicherte Kiær und füllte ihr Glas mit altem Burgunder.

»Danke, danke!«

Gutsbesitzer Mortensen wollte sich erlauben, ein Glas zu leeren ... Er erhob sich und löste die Serviette vom Halse. Er wollte kurz und gut dieses Glas leeren ...

Wenn Gutsbesitzer Mortensen sein Glas leerte, war er religiös ... Im fünften Satz sprach er unweigerlich von »denen, die vorausgegangen waren« und von ihrem Himmel herabschauten ...

Bei Gutsbesitzer Mortensen schaute immer jemand von seinem Himmel herab.

Die Gleichgesinnten saßen da, ließen die Köpfe hängen und blickten auf ihre Teller.

Katinka hörte kaum. Sie hielt sich mit den Händen am Stuhlsitz fest und wurde bald blaß, bald rot.

Als Herr Mortensen ausgeredet hatte, konnte er noch ein Stück Entenbraten verzehren.

»Liebe Frau Bai, Ihre Enten – *das* ist ein Braten.«

Katinka hörte die Stimmen nur undeutlich, und sie stützte sich auf den Tisch, als sie sich erheben wollte.

Die Herren gingen ins Nebenzimmer, Katinka

sank auf ihren Sessel zurück. Bai öffnete die Tür und trat wieder ein. »Es ging ja prächtig, Tik, brillant...

Und du hieltest dich recht tapfer...«

Katinka richtete sich auf und lächelte. »Ja«, erwiderte sie, »jetzt sollt ihr euren Grog haben...«

Bai ging wieder. Katinka blieb vor dem verlassenen Tisch mit den Flaschen und den halbgeleerten Gläsern sitzen.

Drinnen im Büro lachte und schwatzte man laut durcheinander – man hörte Kiærs Stimme deutlich hindurch.

»Bringe die Lampe herein«, sagte Katinka. Die Lachsalven drangen zu ihr herüber, sooft Marie die Tür öffnete.

»Frau Bai sollte ins Bett gehen«, sagte Marie.

»Das eilt nicht...«

»Der Freßsäcke wegen!« Marie warf die Küchentür zu, daß Katinka zusammenfuhr.

Es blieb nur ein einziges Licht mitten auf dem Eßtisch stehen... Der große unaufgeräumte Tisch sah im Halbdunkel trübselig aus.

Katinka war so müde; sie mußte sich in eine Ecke setzen und Kräfte sammeln.

Marie ging von der Küche ins Büro und knallte mit den Türen...

Wie lustig sie drinnen waren... Das mußte Svendsen sein, der jetzt sang.

Katinka lauschte von ihrer Ecke aus den Stimmen und blickte Marie nach, die mit Gläsern und Flaschen durch die erleuchteten Türen ging...

So würde es auch sein, wenn sie einst heimgegangen und vergessen war...

»Marie!« rief sie.

Sie versuchte sich zu erheben und zu gehen, aber sie griff nach der Wand und vermochte es nicht. Marie führte sie stützend ins Schlafzimmer. »Das hat man von dem Komödiespielen«, sagte Marie.

Katinka bekam einen Hustenanfall, während sie auf dem Bettrand saß. »Mach die Türen zu«, sagte sie. Der Husten ließ nicht nach. »Und Bentzen soll jetzt essen«, sagte sie.

»Na, er wird wohl früh genug was zu fressen kriegen«, sagte Marie. Sie entkleidete Katinka und schimpfte und fluchte dabei.

Svendsen sang wieder in dem Zimmer mit heiserer Stimme.

> »O mein Charles,
> du hast mir nicht geschrieben,
> wo du, mein Schatz, geblieben.«

Dann klirrten die Gläser. »Still«, rief Kiær, »... still – ihr Prasser!«

Katinka hatte im Halbschlummer gelegen und wachte nun auf. Bai kam.

»Das Fest hätten wir hinter uns«, sagte er überlaut infolge des reichlich genossenen Grogs.

»Sind sie fort?« fragte Katinka. »Wie spät ist es?«

»Schon halb drei... Es wird spät, wenn man so beisammensitzt...«

Er setzte sich ans Bett und plauderte über dies und das.

»Verteufelte Geschichten, die dieser Svendsen erzählen kann – verteufelte Geschichten...« Er erzählte ein paar und schlug sich vor Lachen auf die Schenkel.

Katinka glühte im Fieber.

»Aber Lügen sind es doch«, sagte Bai schließlich.

Er bekam einen Anfall von Rührung, als er gute Nacht sagte, und erzählte in der Tür noch eine letzte Geschichte von Mortensens Meierin...

»Ja, ja, du brauchst Ruhe«, sagte er.

»Gute Nacht!«

»Gute Nacht!«

Die nächsten Tage wurde es mit Katinka schlimmer. Der Doktor kam ein paarmal täglich.

»Verteufelte Geschichte«, sagte Bai. »Und sie hielt sich am Geburtstag so tapfer, Doktor...«

»Ja – jetzt hält sie sich *nicht* tapfer, Herr Bai«, erwiderte der Doktor.

Es durfte niemand zu Katinka hinein. Sie sollte absolute Ruhe haben.

Madam Madsen vom Kruge kannte die Geschichte... Aber man könne sie doch wohl etwas aufheitern, meinte sie, damit sie nicht daläge und sich im Dunkeln die Augen riebe.

Madam Madsen trat ans Bett.

Die Rouleaus waren herabgelassen, und es war dunkel im Zimmer. »Wer ist da?« fragte Katinka aus den Kissen.

»Ich bin es«, sagte Madam Madsen, »die Krugwirtin.«

»Guten Tag«, sagte Katinka und reichte ihr die fieberheiße Hand.

»Also – so schlecht steht es mit Ihnen?« fragte Madam Madsen.

»Ja«, Katinka drehte den Kopf etwas auf dem Kissen herum, »es geht mir gar nicht gut.«

»Nein…, das sehe ich«, sagte Madam Madsen ärgerlich. Sie saß und blickte auf Katinkas mageres Gesicht im Dunkeln.

»Und das kommt von dem Schmaus her«, sagte sie.

»Das war wohl etwas zuviel… Ja, es war zuviel«, wiederholte Madam Madsen immer in demselben ärgerlichen Ton.

Es wallte immer mehr in ihr auf, während sie so in dem melancholischen Dunkel vor dem armen, blassen Gesicht in den Kissen saß.

»Ja, das kann man wohl mit Fug und Recht sagen«, begann sie von neuem, »und er hatte es auch gerade *verdient*.«

Und hitzig erzählte sie das Ganze: von Bai und von ihrem Dienstmädchen und wie lange es gedauert hätte…

»Aber mit heiler Haut ist die Gusta auch nicht davongekommen ...«

Anfangs hatte Katinka überhaupt nichts verstanden ..., ihr war so schwer und so matt.

Aber dann urplötzlich begriff sie – und blickte einen Augenblick Madam Madsen ins Gesicht.

»Und für so einen schindet eine andere sich kaputt«, sagte Madam Madsen.

Sie schwieg und erwartete, Katinka werde etwas erwidern.

Aber Katinka lag unbeweglich. Nur ein paar Tränen liefen ihr über die Backen.

»Ja, ja«, sagte Madam Madsen in einem anderen Ton, »eine andere wäre auch wohl nicht viel klüger.«

Madam Madsen war gegangen.

»Marie«, sagte Katinka, »zieh die Rouleaus auf, damit es hier hell wird.«

Marie zog die Vorhänge auf, so daß das Tageslicht auf das Bett fiel.

»Weshalb weinen Sie, Frau Bai?« fragte sie.

Katinka lag mit dem Gesicht dem Licht zugekehrt.

»Ist es die Brust?« fragte Marie.

»Nein, nein«, sagte Katinka, »mir geht es gut.«

Sie fuhr fort zu weinen, lautlos und glücklich.

Das Weinen ließ nach, und sie lag in derselben Stellung da, matt, in einem unbeschreiblichen Frieden.

Die letzten Sonnentage des Herbstes kamen. An den hellen Vormittagen lag Katinka drinnen in ihrem Zimmer mit der vollen Sonne auf ihrem Bett. Sie erdichtete so viele glückliche Träume, während ihre Hände leise über die sonnenwarme Bettdecke hin- und herglitten.

»Frau Bai sehen so wohl aus«, sagte Marie.

»Ja, es geht mir auch ganz gut.« Sie nickte, ohne die Augen zu öffnen, und lag wieder still da, in der Sonne. »Morgen will ich wieder aufstehen«, sagte sie.

»Das können Sie ja, Frau Bai ...«

Katinka wandte sich dem Fenster zu. »Es ist, als ob es Sommer wäre«, sagte sie.

»Wenn ich morgen hinauskönnte ...«

Sie redete unaufhörlich davon: Wenn sie hinaus könnte, hinunter in die Laube unter den Holunder.

»Hat der Holunder noch Blätter – und die Rosen – und der Kirschbaum ...?

Vorm Jahr haben sie geblüht – ein Blumenflor.«

»Das ganze Dorf hat welche zum Einmachen bekommen, während Frau Bai verreist waren«, sagte Marie.

»Der weiße Flor ...«

Katinka sprach weiter von dem Garten. Jeden Augenblick sagte sie: »Glaubst du, daß er es mir erlaubt – daß ich Erlaubnis bekomme?«

»Vielleicht – wenn die Sonne scheint.«

Der Doktor kam nicht, und am Nachmittag mußte Marie hingehen und ihn fragen.

Es wurde dunkel, bevor Marie zurückkam. Katinka lag ohne Licht da. Sie schellte mit der kleinen Glocke neben ihrem Bett.

»Ist sie noch nicht da?« fragte sie.

»Sie muß doch den weiten Weg gehen«, sagte Bai.

»Wie lange das dauert«, erwiderte Katinka. Das Fieber brannte auf ihren Wangen.

Sie lag und lauschte auf jede Tür, die sich bewegte.

»Da ging die Küchentür«, sagte sie.

Es war ein Mann mit Besen.

»Sie kommt überhaupt nicht«, sagte Katinka.

»Du machst dich wieder krank«, sagte Bai.

Sie lag still, und sie sprach und schellte nicht mehr. Dann hörte sie Marie die Bürotür öffnen und blieb mit klopfendem Herzen unter der Decke liegen, ohne zu fragen.

»Was hat er gesagt?« fragte Bai drinnen im Büro.

»Ja, eine halbe Stunde während der Mittagszeit«, erwiderte Marie, »wenn die Sonne scheint.

Schläft die Frau?«

»Ich glaube...«

Marie schlich hinein. Katinka blieb eine Weile unbeweglich liegen, dann fragte sie: »Bist du es, Marie?«

»Ja, Sie könnten morgen gern etwas aufstehen und in der Sonne sitzen, sagte er, um die Mittagszeit...«

Katinka antwortete nicht sofort. Dann ergriff sie Maries Hand. »Danke«, sagte sie. »Du bist so gut, Marie.«

»Wie Ihre Hand brennt...«

In der Nacht hatte Katinka Fieber, sie lag mit glänzenden Augen da und ohne zu schlafen. Aber erst gegen Morgen weckte sie Marie.

»Marie, sieh nach dem Wetter«, sagte sie.

Marie sah von der Wohnstube aus dem Fenster. »Es wird klar«, sagte sie.

»Sieh aus der Küchentür«, rief Katinka vom Bett, »von dort kommen stets die Wolken.«

Auch von der Küchentür sah man klaren Himmel.

»Ich kann ganz gut selbst – ich kann selbst«, sagte Katinka. Sie stützte sich an die Wände im Gange, der nach der Perrontür führte.

»Wie warm es ist«, sagte sie.

Nun kommt die Treppe... So – das ging...

Es wurde ihr schwer, auf dem Kies zu gehen, sie legte den Arm auf Maries Schulter: »Der Kopf ist einem ja so schwer«, sagte sie.

Sie blieb bei jedem dritten Schritt stehen und schaute über die Felder und zum Wald hinüber. Es war, als ob die Sonne über jedes einzelne bunte Blatt Licht verbreitete.

Katinka wollte nach der Perrontür. Sie blieb einige Augenblicke stehen, wobei sie sich anlehnte.

»Wie schön unser kleiner Wald ist«, sagte sie.

Katinka schaute weit hin über den sonnenbeschienenen Weg. »Dort hinten steht der Meilenstein«, sagte sie.

Sie wandte den Kopf und schaute über Felder und Wiesen und den klaren Himmel. »Ja«, sagte sie mit ganz leiser Stimme, »hier ist es so schön...«

Marie wischte sich die Augen, wenn die Frau es nicht sah...

»Aber wie die Blätter fallen«, sagte Katinka. Sie wandte sich um und ging ein paar Schritte allein.

Sie kamen in den Garten.

Katinka sprach nicht mehr. Sie gelangten um den Rosenplatz nach der Laube hinab.

»Der Holunder!« sagte sie nur.

»Hier möchte ich sitzen«, sagte sie. Marie legte Decken um sie, und in sich versunken sah sie schweigend hinaus über den sonnenhellen Garten.

Die Blätter der Kirschbäume lagen gelb auf dem Rasen; ein paar kleine Rosen blühten noch.

Marie wollte sie pflücken.

»Nein«, sagte Katinka, »das wäre schade – laß sie nur stehen.«

Sie saß wieder eine Weile still. Ihre Lippen bewegten sich, als flüsterte sie.

»Hier saß Huus am liebsten«, sagte Marie, die neben der Bank stand.

Katinka zuckte zusammen. Dann sagte sie und lächelte still: »Ja, hier mochte er gern sitzen.«

Sie gingen wieder zurück.

Als sie an die Pforte kamen, stand Katinka einen Augenblick still. Sie blickte noch einmal zurück in den Garten. »Wer nun wohl da drinnen gehen wird?« sagte sie.

Sie war so müde. Sie stützte sich schwer auf Marie, und drinnen im Gange hielt sie sich an den Wänden.

»Mache die Hintertür auf«, sagte sie, »damit ich den Wald sehen kann.«

Sie kam dorthin und stand einen Augenblick an den Türrahmen gelehnt und schaute zum Wald und zum Weg hinüber.

»Marie«, sagte sie, »ich will auch die Tauben sehen...«

Katinka verließ das Bett nicht mehr. Die Kräfte schwanden immer mehr.

Die Witwe Abel brachte Weingelee.

»Um die Zunge zu erquicken«, sagte sie, indem sie Katinka fortwährend mit tränengeblendeten Augen anschaute. »Und wie *allein* Sie hier liegen«, sagte sie.

Frau Abel wollte ihre Älteste, die Louise, schikken.

»Sie ist wie eine *Diakonissin*«, sagte sie, »meine Älteste..., wie eine Diakonissin...«

Louise, die Älteste, kam vormittags und ging in ihrer weißen Schürze auf den Zehen umher. Katinka lag, als ob sie schliefe... Louise, die Älteste, deckte den Frühstückstisch und filterte den Kaffee.

Und die Tür zum Schlafzimmer wurde angelehnt, während sie aßen...

Bai war sehr dankbar. Die Witwe wischte sich die Augen. »*Freunde* erkennt man im Unglück«, sagte sie.

Frau Linde kam nachmittags und saß am Bett und strickte. Sie erzählte Neues und Altes aus der ganzen Gegend und von sich und ihrem Linde.

Der alte Linde holte seine Frau im Dämmern ab, und die beiden Alten saßen im Schummern noch eine Zeitlang am Bett.

Agnes war ihr erstes und ihr letztes.

»Linde *kann* nun einmal nicht ohne Agnes leben«, sagte Frau Linde. Sie selbst weinte in allen Ecken vom Morgen bis zum Abend.

»Ja, ja, mein Kind, sie ist nun mal mein Augenstern«, sagte der alte Pastor.

»Sie sollen sehen, sie kommt wieder«, sagte Katinka.

»Als alte Jungfer.« Frau Lindes Stricknadeln rasselten.

Das mit der »alten Jungfer« konnte Frau Linde nicht vergessen.

Sie saßen und schwatzten, und der alte Pastor bekam einen Johannisbeerpunsch, ehe er nach Hause ging.

»Das tut gut«, sagte er, »und steigt nicht zu Kopf.«

Die beiden Alten stelzten auf dem herbstdunklen Wege nach Hause.

Bai war viel aus.

»Ein kleiner L'hombre zur Aufmunterung«, sagte Kiær, »das tut dir nötig, alter Freund.«

»Ja, alter Kiær«, Bai fuhr sich mit der Hand über die Augen. »Einmal in der Woche«, sagte er. »Ich danke dir, ich danke dir für deine Freundschaft.« Er schlug Kiær auf die Schulter und war gerührt. Bai war in der letzten Zeit sehr leicht gerührt.

Er ging fort und spielte bis spät in die Nacht hinein L'hombre.

Wenn er nach Hause kam, weckte er Katinka, weil er »nicht zu Bett gehen könne, ohne zu sehen, wie sie sich befinde«.

»Danke, ganz gut«, sagte Katinka.

»Hast du dich amüsiert?«

»Wie man sich amüsieren kann«, erwiderte Bai, »wenn du hier krank liegst.« Er saß eine Zeitlang am Bett und seufzte, bis er Katinka ganz wach gemacht hatte.

»Gute Nacht«, sagte er dann.

»Schlafe wohl, Bai.«

Wenn Marie tagsüber draußen war, standen die Türen zum Büro offen. Katinka lag und hörte auf das Tippen des Telegrafen.

»Wie der es eilig hat«, sagte sie.

»Was der alles erzählt!

Bai«, rief sie, »das ist ja für hier...«

Bai fluchte laut im Büro... »Ja – meiner Seel« – er kam bis an die Tür –, »es ist für Pastors.«

»Für Pastors?« – Katinka setzte sich im Bett auf. »Es ist wohl von Agnes?« fragte sie.

Bai erwiderte nichts, er war ganz wild; er lief mit dem Blaustift umher und wollte seinen Rock haben. Er schrieb die Depesche in Hemdsärmeln, schrieb falsch und zerriß sie wieder.

»Bai«, fragte Katinka, »Bai – ist es von Agnes?«

»Ja, meiner Seel...«

Bai stürmte selbst mit der Depesche davon, gerade als der Nachmittagszug kommen sollte.

So eine Freude hatte Bai niemals gesehen. Die beiden Alten lachten und weinten.

»Ach, Gott – ist es denn wahr? Ach, Gott – ist es denn wahr?«

»Ja – Mütterchen – ja – ja...« Der alte Pastor wollte ruhig erscheinen. Er beschwichtigte sie und streichelte ihr den Kopf, aber dann faltete er die Hände. »Nein«, sagte er, »das ist zuviel...«

Er weinte selbst und trocknete die Tränen mit seinem Samtkäppchen.

»Ja, ja«, sagte er, »Gott sei Dank, sage ich – Gott sei Dank.«

Der alte Pastor wollte Katinka die Neuigkeit selber bringen, und er entfernte sich, um Rock, Hut und Handschuhe zu holen, und ließ das Geholte wieder liegen und ergriff Bais beide Hände. »Ja, die Freude, Inspektor«, sagte er, »für uns beiden Alten, die hier verlassen sitzen – das zu erleben, das zu erleben, Inspektor.

Hm – ja – jeder hat es auf *seine* Art ...

Andersen mußte erst lernen, sie zu entbehren – sie zu *entbehren*«, sagte der alte Pastor.

Er trödelte und kam nicht von der Stelle.

Die Pastorin kam mit Erdbeerlikör, ehe sie gingen.

Unterwegs pfiff der alte Pastor den »tapfern Landsoldaten« vor sich hin.

Er saß drinnen an Katinkas Bett. »Ja«, sagte er, »Gott führt doch die Rechten zusammen.«

Eine Woche später kam Agnes heim.

Sie stürzte über den Perron durch das Büro hinein. Von der Bürotür aus sah sie Katinka, die mit geschlossenen Augen in den Kissen lag. Agnes hätte sie nicht wiedererkannt.

Katinka schlug die Augen auf und sah Agnes.

»Ja«, sagte sie, »ich bin es.«

Agnes trat näher und ergriff Katinkas Hände. Sie kniete vor ihrem Bett.

»Schöne Frau«, sagte Agnes und kämpfte mit sich, um nicht zu weinen.

Sie kam jeden Nachmittag und saß bis zum Abend bei Katinka. Sie sprachen nicht viel. Katinka schlummerte, und Agnes ließ ihr Nähzeug in den Schoß sinken und blickte auf das arme Gesicht in den Kissen. Der schwache Atem pfiff in Katinkas Brust.

Katinka bewegte sich, und Agnes nahm das Nähzeug wieder auf und führte die Nadel hin und her.

Katinka lag wach. Sie war so matt, sie konnte nicht sprechen.

Der Husten kam und schüttelte sie; sie fuhr im Bett empor, es war, als müsse ihre Brust springen.

Agnes stützte sie. Katinka war naß von kaltem Schweiß.

»Danke«, sagte sie, »danke!«

Sie fiel wieder zurück und lag ganz still. Hinter dem Bettvorhang hervor blickte sie auf Agnes' Gesicht, das so rund und stark war, und auf die Hände, die die Nadel so resolut führten.

»Agnes«, sagte sie, »wollen Sie nicht etwas spielen?«

»Sie sollten schlafen«, erwiderte Agnes.

»O nein, spielen Sie etwas.«

Agnes erhob sich und ging ans Klavier. Sie spielte gedämpft eine Melodie nach der andern.

Katinka lag still mit den Händen auf der Decke.

»Agnes«, sagte sie dann, »singen Sie das Lied..., nicht wahr, Sie tun es?«

Es war das Lied von Sorrent. Agnes sang es mit ihrer tiefen Altstimme:

»Wo die Pinie dunkel, breit,
des Bauern Weinberg Schatten leiht;
wo am Golfe Orangenhaine
lieblich duften im Abendscheine;
wo am Strand sich Boote schwingen,
wo sich frohe Reihen schlingen,

die im Tanze jubelnd singen
Lieder zur Madonna Preis.
Nie vergeß ich dies Gepränge,
diese Täler, diese Hänge,
dieser Nächte Sternenmenge,
Napoli – dein Paradies.«

Sie blieb am Klavier sitzen. Dann erhob sie sich und ging ins Schlafzimmer.

»Danke«, sagte Katinka. Sie lag eine Weile still.

»Ja«, sagte sie ganz leise, »wie schön das Leben sein könnte!«

Agnes kniete am Bett. Die beiden lagen still da, im Dunkeln. Katinkas Hand glitt über Agnes' Haar.

»Agnes«, sagte sie, »an meinem Grabe – soll keine Rede gehalten werden . . .«

»Aber, Katinka!«

»Nur ein Gebet«, sagte sie.

Sie schwieg wieder. Agnes weinte leise. Katinka fuhr fort, kleine Locken aus Agnes' Haar zwischen ihren Fingern zu drehen.

»Aber es gibt«, sie sprach ganz leise, wie furchtsam, die Hand fiel von Agnes' Haar herab, »ein Lied – das – das ich so gern . . . an meinem Grabe gesungen haben möchte . . .«

Sie flüsterte fast unhörbar. Agnes lag da, den Kopf tief in den Kissen.

»Das Hochzeitslied«, sagte Katinka ganz leise wie ein Kind, das nicht zu bitten wagt.

Schluchzen erschütterte Agnes, und sie nahm Katinkas Hände und küßte sie, während sie schluchzte.

»Aber, Katinka – Katinka . . .«

Katinka umfaßte ihren Kopf und beugte sich etwas vornüber. »Jetzt werdet ihr beide ja glücklich«, sagte sie.

Sie lag schweigend da. Agnes weinte immerfort.

Am nächsten Tage reichte der alte Pastor Katinka das Abendmahl. Bai war in Randers.

Agnes wurde in der Nacht von einem angstbebenden Mädchen, mit einem Talglicht in der Hand, geweckt: »Es ist ein Bote da – Fräulein – von der Station . . . Das Fräulein möchte doch kommen.«

»Ein Bote?« – Agnes war schon aus dem Bett.

»Wer ist da?« rief sie in den Gang hinaus.

»Ich«, erwiderte der kleine Bentzen.

Agnes kam in einige Tücher gehüllt heraus.

»Sie stirbt, Fräulein«, rief der kleine Bentzen. Er stand blaß und zähneklappernd da. Der kleine Bentzen hatte noch nie jemanden sterben sehen.

»Ist nach dem Doktor geschickt?« fragte Agnes. – »Die Laterne, Anna.«

»Es war niemand da, der hingehen konnte . . .«

Agnes zündete schnell die Laterne an und ging über den Hof. Sie klopfte an die Kammer der Knechte, daß es hallte . . .

»Lars! – Lars!«

Die Pferde begannen im Stall zu stampfen.

Lars kam heraus, schlaftrunken, an die Halbtür in den Laternenschein.

Agnes ging über den Hof zurück auf den Korridor. Der kleine Bentzen stand auf den Treppenstufen und graulte sich im Dunkeln.

»Sie fahren mit«, sagte Agnes im Vorbeigehen.

Einige Mädchen kamen erschreckt auf den Gang hinaus. »Kocht schnell Kaffee«, rief Agnes, »beeilt euch!«

Sie ging in ihr Zimmer, um sich anzukleiden, während der kleine Bentzen allein im Korridor blieb. Die Türen standen durch das ganze Haus offen und knarrten im Dunkeln. Die Mädchen rumorten herum, halb angekleidet und schlaftrunken, jedes mit einem Talglicht. Sie vergaßen einen Leuchter auf dem Eßtisch, das Licht flackerte in der Zugluft.

Draußen im Hof kam der Knecht mit der Stalllaterne. Er stellte sie auf das Steinpflaster und ging wieder – die Laterne warf im Dunkeln einen hellen Kreis.

Die Stallpforte wurde aufgeschlagen, und Lars kam mit den Pferden heraus. Jeder Laut klang stark und erschreckend in die Nacht hinaus.

Agnes kam aus dem Hause und ging an Bentzen im Korridor vorüber.

»Jetzt gehe ich hinunter«, sagte sie.

»Hat sie Krämpfe?«

»Sie schrie«, erwiderte Bentzen.

Agnes sah in den Hof hinaus. »Beeilt euch«, rief

sie. Der Knecht lief mit der Laterne über den Hofraum.

Es wurden ein paar flackernde Kerzen an das Küchenfenster gestellt, daß der Schein auf Pferde und Wagen fiel.

Die alte Frau Linde kam ins Speisezimmer, im Schlafrock des alten Pastors. »Bleib in deinem Bett, Mutter«, rief Agnes.

»Ach, Herr mein Gott! Oh, Herr mein Gott!« sagte die alte Frau Linde. »So plötzlich ist es gekommen…, so plötzlich ist es gekommen…« Und sie ging wie die anderen mit ihrem Licht in der Hand umher.

Der Knecht schlug die Pforte auf – alle fuhren zusammen bei dem Lärm –, und Lars zeigte sich in der Küchentür und bekam eine Tasse Kaffee.

Der kleine Bentzen trat hinaus und stieg auf den Kutschbock… Er sah das Gesicht der Pastorin – sie saß weinend im Zimmer vor dem flackernden Licht und wiegte sich hin und her.

Sie rollten aus dem Tor hinaus auf den Weg, durch das Dunkel im Trab, so daß die Weiden am Wegrand wie tanzende Gespenster vorüberhuschten.

Lars hielt die Zügel fest in der Hand.

»Die Biester sind scheu, wenn man zu Sterbenden fährt«, sagte er.

Sie sprachen nicht mehr. Das Licht der Wagenlaternen huschte über die unruhigen Weiden hin.

Bai ging im Vorzimmer auf und nieder, auf und nieder an den Wänden entlang.

»Sind Sie es, sind Sie es?« fragte er. »Oh, wie sie schreit!«

Agnes öffnete die Tür zum Büro. Sie hörte Katinka stöhnen und die Stimme der Wärterin: »Ja, ja, ja, ja.«

Marie kam herein. »Der Doktor«, sagte sie.

»Der Wagen holt ihn«, sagte Agnes.

Sie ging hinein. Die Wärterin hielt Katinkas Arme über den Kopf. Zuckungen erschütterten Katinkas Körper unter der Decke.

»Halten Sie sie«, sagte die Wärterin.

Agnes umfaßte Katinkas Handgelenk und ließ es wieder los; sie fühlte den kalten Schweiß.

Die Sterbende schlug mit den im Krampf gekrümmten Armen in die Bettgardinen.

»Halten Sie doch«, sagte die Wärterin.

Agnes umfaßte wieder die Arme. »Die Zunge, die Zunge«, sagte sie.

»Einen Löffel, die Zunge!«

Katinka sank zurück. Blauweißer Schaum trat auf die geöffneten Lippen durch die zusammengebissenen Zähne.

Marie ließ den Löffel fallen und fand ihn nicht wieder auf dem Boden; sie suchte nach einem andern mit dem Licht.

»Den Kopf«, sagte die Wärterin, »den Kopf!« Marie hielt ihn, am ganzen Körper zitternd.

»Ach, Jesus – ach, mein lieber Heiland«, jammerte sie fortwährend ... »Ach, Jesus – o mein lieber Heiland!« ...

Agnes drückte Katinkas Arme nieder. »Den Kopf zurück«, rief die Wärterin ... Sie beugte sich über die Sterbende und preßte ihr den Löffel zwischen die Zähne.

Es floß Schaum über den Löffel heraus. »Gut«, flüsterte die Wärterin, »gut.«

Katinka schlug die Augen auf und richtete sie auf Agnes – groß und angstvoll.

Katinka starrte sie unverwandt mit dem gleichen Blick an.

»Katinka ...«

Die Sterbende stöhnte und sank zurück. Der Löffel entfiel ihrem Munde.

»Sie bekommt Ruhe«, sagte die Wärterin.

Katinkas Augen fielen zu. Agnes ließ ihre Arme los.

Sie setzten sich zu beiden Seiten des Bettes und lauschten auf ihren Atem, der unregelmäßig und ganz schwach ging.

»Sie bekommt Ruhe«, sagte die Wärterin ...

Die Sterbende schlummerte und stöhnte hin und wieder.

Draußen hörte man den Wagen. Die Tür wurde aufgeschlagen, und man hörte die Stimme des Doktors.

Agnes erhob sich und winkte ihm zu.

»Sie schläft«, sagte sie.

Der Doktor ging hinein und beugte sich über das Bett. »Ja«, sagte er, »es ist bald vorbei.«

»Leidet sie?« fragt Agnes.

»Man weiß es nicht«, erwiderte der Doktor. »Jetzt schläft sie.«

Der Doktor und Agnes setzten sich in die Wohnstube. Drinnen im Büro hörten sie Bai auf und nieder gehen.

Agnes erhob sich und ging hinein.

»Was sagt er?« fragte Bai. Er ging immer noch auf und ab.

Agnes antwortete nicht; sie saß schweigend auf ihrem Stuhl.

»Ich hätte es ja nicht geglaubt«, sagte Bai, »ich hätte es ja nicht geglaubt, Fräulein Agnes.«

Er glitt hin und her, von der Tür zum Fenster – und blieb wieder vor Agnes' Stuhl stehen und sprach in die Luft hinein.

»Das hätte ich ja nicht geglaubt, Fräulein Agnes.«

Der Doktor öffnete die Tür. »Kommen Sie«, sagte er.

Der Krampf hatte wieder begonnen. Bai sollte der Kranken den einen Arm halten.

Aber er ließ ihn wieder los.

»Ich kann nicht«, sagte er und entfernte sich, die Hände vor dem Gesicht. Sie hörten ihn im Büro schluchzen.

»Trocknen Sie die Stirn«, sagte der Doktor.

Agnes trocknete den Schweiß von Katinkas Stirn.

»Danke«, sagte Katinka, indem sie die Augen aufschlug. »Ist das Agnes?«

»Ja, Katinka, ich bin es ...«

»Danke.«

Sie fiel wieder zurück.

Gegen Morgen erwachte sie. Sie saßen alle an ihrem Bett.

Ihre Augen waren gebrochen.

»Bai«, sagte sie.

»Ja.«

»Bitte sie, daß sie spielt.«

»Spielen Sie«, sagte der Doktor.

Agnes ging hinein. Ihre Tränen liefen über die Tasten und ihre Hände, während sie spielte, ohne ihre eigenen Töne zu hören.

Katinka lag still da. Die Brust hob und senkte sich pfeifend.

»Weshalb spielt sie nicht!« sagte sie wieder.

»Sie spielt ja, Tik ...«

»Sie hört es nicht mehr ...«

Die Sterbende schüttelte den Kopf. »Ich höre es nicht«, sagte sie.

»Das Hochzeitslied«, flüsterte sie, »das Hochzeitslied.«

Sie lag wieder eine Weile still. Der Doktor saß, ihren Puls in der Hand, da und beobachtete ihr Gesicht.

Dann richtete sie sich auf und riß ihre Hand los. »Bai!« schrie sie, »Bai!«

Agnes erhob sich und eilte hinein. Sie umstanden alle ihr Bett. Bai kniete nieder und schluchzte.

Sie fuhren alle zusammen: der Telegraf schellte durch die Zimmer und meldete den Zug...

Katinka schlug die Augen auf. »Seht, seht«, sagte sie und erhob den Kopf.

»Seht die Sonne«, sagte sie, »seht die Sonne über den Bergen.«

Sie hob die Arme. Sie fielen wieder zurück und glitten auf die Decke nieder.

Der Doktor beugte sich hastig über das Bett.

Agnes kniete neben Marie am Fußende, den Kopf gegen das Bett gelehnt.

Man hörte nur ein lautes Schluchzen.

Der Doktor hob die herabhängenden Arme empor und faltete die Hände über der Brust der Toten.

»Hm, Sie haben wohl noch nicht ausgeschlafen, Bentzen.«

Der Indiskrete sprang vom Zug.

»Wie geht es drinnen?«

»Sie ist tot«, sagte der kleine Bentzen. Er sprach, als ob ihn friere.

»Was? Teufel auch...«

Der Indiskrete stand einen Augenblick still und sah nach dem kleinen Stationsgebäude hinüber; alles lag wie gewöhnlich da.

Dann drehte er sich um und bestieg schweigend den Zug.

Die Winternebel über den Feldern hüllten den Zug ein.

VII

Es war der erste Wintertag. Hoher Himmel und eine dünne Schneeschicht auf der leicht gefrorenen Erde.

Vor der Kirche begannen die Männer sich zu versammeln, feierlich, mit hohen Zylindern aus mancherlei Jahrgängen. Sie flüsterten in kleinen Gruppen. Einer nach dem andern gingen sie hin und guckten in das leere Grab dicht an der Kirchenmauer.

Drinnen in der Kirche gingen vier, fünf Frauen lautlos um den Sarg und befühlten die Kränze. Der Küster und die kleine Jensen legten die Gesänge auf die Plätze.

Sie waren fertig. »Und am Grabe Nummer 753 aus dem Gesangbuch«, sagte die kleine Jensen.

Die kleine Jensen war eine Art Leichenbitter bei dieser Gelegenheit. Sie hatte sofort die Sorge für den Leichnam übernommen, im Hause wie auch in der Kirche. Das »Institut« hatte »Herbstferien« seit dem Todesfall.

Fräulein Jensen sah sich in der Kirche um und trat mit dem Küster an den Sarg; die Girlanden hingen in regelmäßigen Bogen vom Chor herab, und der Trauerflor war wie zwei Würste über die Altarleuchter gezogen.

»Ein schöner Sarg für diese Jahreszeit!« sagte der Küster.

Sie besahen die Kränze.

»Man bindet hübsche Kränze auf der Mühle«, sagte die kleine Jensen.

»Das ist ein *Unterschied*«, sagte der Küster, indem er die Schultern in die Höhe zog und einen Kranz von Abels betrachtete.

»Ja«, sagte Fräulein Jensen, »*da* ist kein Interesse.«

Fräulein Jensen entfernte sich etwas und beschaute prüfend den Sarg. »Ja«, sagte sie, »ich freue mich, daß wir Eichenholz genommen haben.«

»Das ist – wenn ich so sagen darf – auch proprer für die Leiche«, erwiderte der Küster.

Die Glocken begannen zu läuten, und Fräulein Jensen trat hinaus auf den Kirchhof. Sie begrüßte die Eltern ihrer Schüler und hielt Volkszählung ab.

Bai kam durch die Pforte in Begleitung zweier Herren mit Fußsäcken; alle Hüte wurden gelüftet. Die kleine Jensen drückte Bai in der Vorhalle die Hand.

Als alle in den Kirchenstühlen Platz genommen hatten, langte die Familie Abel an. Die Witwe schritt voran, sie sah aus, als habe sie sich sehr beeilt. Die beiden Küken waren in Kreppschleier gehüllt wie zwei Witwen.

Louise, die Älteste, legte ein Efeukreuz auf den Sarg.

Agnes saß neben dem alten Pastor. Sie hörte den Gesang nicht und las die Lieder auch nicht nach; sie starrte nur mit feuchten Augen auf den Sarg der schönen Frau.

Der Gesang starb hin. Der alte Pastor erhob sich und trat vor.

Als Bai ihn dort vor dem Sarge mit gefalteten Händen stehen sah, brach er in Tränen aus und schluchzte.

Der alte Pastor wartete still, die Augen auf den Sarg gerichtet. Die Stimme ertönte nur halblaut, als er sprach. Die Wintersonne fiel durch die Chorfenster auf Sarg und Blumen.

Der alte Pastor sprach von den Stillen im Lande.

»Still war sie – still in ihrem Leben; still wollte sie zur letzten Ruhe gebracht werden. Gott der Herr, der die Seinen kennt, gab ihr ein Leben in Glück bei einem guten Manne; Gott gab ihr einen Tod im Frieden seines Heiligen Geistes. Er empfange ihre Seele, er, der allein die Herzen kennt; er unser Tröster schenke seinen Trost denen, die trauern. – Amen!«

Der alte Linde schwieg, es war ganz still.

Die Leichenträger kamen mit dem Küster und der kleinen Jensen, die die Kränze vom Sarge nahmen.

Alle erhoben sich in den Kirchenstühlen und sahen dem Sarge nach, der unter Gesang hinausgetragen wurde.

»Es gibt auf Erden kein schöner Los,
als wenn sich Menschen zusammenfinden,
da ist die Freude erst doppelt groß
und alle Schmerzen zu überwinden.
  Was kann denn schaden
  zwei Kameraden,
  wenn aller Pfaden
  die Liebe weilt?«

Agnes sah noch immer dem Sarge nach. Die Türen waren dem hellen Tage weit geöffnet.

»Die Liebe weilt ...«

Sie kamen hin zum Grabe. Die Leichenträger mußten mit dem Sarg über Berg und Tal. Das Seil entschlüpfte den Händen des Totengräbers und fiel ins Grab hinunter.

Alle standen da und warteten, bis man des Seiles wieder habhaft wurde und es um den Sarg geschlungen hatte.

Bai umklammerte einen Busch, als wollte er ihn zerknicken. Das Seil knirschte, während der Sarg ans Grab geschoben wurde und hinuntersank.

Agnes hatte die Augen geschlossen.

»Getrennt zu werden ist bittres Leid
für Menschen, die sich zusammenfanden.
Doch Gott sei Ehre: nach unsrer Zeit

erblüht ein Leben in Himmelslanden.
Was kann denn schaden
zwei Kameraden,
wenn aller Pfaden
die Liebe weilt?«

»Na – na – na, Schwager«, die beiden Fußsäckler stützten Bai, der schluchzte.

Der Gesang erstarb. Es war still, kein Laut; kein Wind fuhr über die entblößten Häupter.

Schwer fiel der Sand aus den zitternden Händen des alten Linde hinab.

»Vater unser, der du bist im Himmel...«

Es war vorbei. Die beiden Herren mit den Fußsäkken drückten allen die Hände und dankten für »die große Teilnahme«.

Frau Abel hielt sie an der Kirchhofspforte zurück. Sie habe ihren kleinen Tisch für Bai und seine Schwäger bereitet: In aller Einfachheit – damit sie nicht so allein wären...

Frau Abel trocknete ihre Augen. »Man weiß, was es heißt, jemanden zu verlieren«, sagte sie.

Das Gefolge hatte sich zerstreut.

Agnes stand allein am Grabe. Sie blickte hinab auf den Sarg mit den mit Sand bestreuten Kränzen...

Und sie starrte auf den Weg, wo alle Leute wieder ins Leben hineingingen.

Da ging Bai zwischen den beiden in Trauer gekleideten Damen – diese langen Schleier – und den beiden Herren mit den Fußsäcken – es waren Katinkas Brüder –, die im Namen der Familie gedankt hatten.

Die kleine Jensen sollte nach der Anstrengung auf der Mühle speisen. Fräulein Helene stöhnte in zu engen Stiefeln...

Da gingen sie alle...

Und beeilten sich.

Agnes senkte den Kopf, sie empfand einen heftigen Widerwillen gegen dies kleinliche Leben, das ruhig weiterflutete, heimwärts auf allen Wegen.

Hinter ihr ertönten Schritte. Es war der kleine Bentzen mit einer großen Schachtel.

»Da ist ein Kranz, Fräulein«, sagte er, »ich wollte ihn lieber selbst bringen. Er kam mit dem Mittagszuge.«

Der kleine Bentzen nahm den Kranz aus der Schachtel.

»Er ist von Huus«, sagte er.

»Von Huus«, sagte Agnes.

Sie nahm den Kranz und sah auf die halbverwelkten Rosen: »Wie schön er gewesen ist!«

»Ja«, sagte Bentzen, »schön ist er gewesen.«

Sie standen eine Weile nebeneinander.

Dann kniete Agnes halb nieder und ließ den Kranz vorsichtig auf den Sarg hinabgleiten. Die Blätter der Rosen zerstreuten sich im Fallen.

Als Agnes sich umdrehte, stand der kleine Bentzen da und weinte.

Ein Mann trat auf sie zu.

»Wenn das Fräulein... Es soll geschlossen werden...«

»Ja, wir kommen.«

»Der Küster gibt mir wohl Erlaubnis, hier sein zu dürfen«, sagte Agnes.

Agnes und Bentzen gingen still auf dem Wege dahin. Der Mann stand bereits an der Pforte und wartete.

Die Hände in den Taschen ihres Mantels blieb Agnes stehen und blickte den Mann an, der die Pforte schloß und das Vorlegeschloß vorlegte.

Der kleine Bentzen schluchzte noch immer, als er sich empfahl.

Agnes blieb lange vor der verschlossenen Pforte stehen.

Bai war viel bei Abels.

Frau Abel konnte den Gedanken nicht ertragen, daß er so allein da unten saß in den öden Zimmern...

»Wenn man selbst bei einer traulichen Lampe sitzt«, sagte Frau Abel.

Sie und ihre Louise, die Älteste, holten ihn nach dem Achtuhrzug ab. »Nur nach Hause zur Lampe«, sagte Frau Abel.

Louise, die Älteste, war auf der Station wie zu

Hause. *Sie mußte* den Blumen noch schnell Wasser geben, ehe sie gingen.

Frau Abel sah zu.

»Das waren die Lieblinge der Teuren«, sagte sie mild. Die Teure war Katinka.

»Aber die Ampel«, sagte Louise, die Älteste, »die hat auch Durst.« Sie nickte der Ampel zu.

Bai mußte den Stuhl halten, während Louise, die Älteste, die Ampel begoß. Sie stand auf den Zehen, die Gießkanne in der Hand, und zeigte ihre Schönheit.

»Sie vergißt nichts«, sagte Frau Abel. Die Ampel bekam Wasser, daß es auf den Boden tropfte.

»Marie, Sie trocknen wohl auf«, rief Louise, die Älteste, mit scharfer Stimme in die Küche hinaus. Sie stand stets eine Sekunde in der Tür zur Speisekammer und hielt »Umschau«. Louise, die Älteste, hatte so schnelle Finger, wenn ein süßer Rest auf einem Teller hingestellt war.

Sie gingen nach Hause zur Lampe.

Louise, die Älteste, schenkte in einer weißen Schürze den Tee ein.

Ida, die Jüngste, mußte immer mehrmals gerufen werden.

»Sie *schreibt*«, sagte die Witwe in ihrer Ecke.

Ida, die Jüngste, schrieb stets in einem merkwürdig unangezogenen Zustand.

»Bøsse-Sa, du hast deine Manschetten vergessen«, sagte die Witwe.

»So?« sagte Bøsse-Sa.

Ida war im ganzen derangiert.

»*Er* ist ja nicht hier«, sagte die Witwe.

Nach Tisch bekam Bai seinen Grog zur Zeitung. Louise, die Älteste, stickte, und die Witwe saß und blickte beide zärtlich an.

»Ganz wie zu Hause sollen Sie sich hier fühlen. Weiter wollen wir nichts.«

Wenn Bai mit der Zeitung fertig war, spielte Louise, die Älteste, und sie schloß mit einem von Katinkas kleinen Liedern.

»Das hat die Teure immer gespielt«, sagte die Witwe und blickte auf das Bild: Katinkas Bild hing in einem Immortellenkranz unter dem Spiegel über dem Sofa.

»Ja«, sagte Bai. Er saß mit gefalteten Händen da. Bei der Lampe, nach dem Grog, empfand Bai stets eine milde Rührung über seinen »Verlust«.

Die Witwe verstand ihn.

»Aber man besitzt die verklärende Erinnerung«, sagte sie, »und hofft auf das Wiedersehen.«

»Ja.«

Bai führte die beiden Finger über die Augen.

Sie sprachen von der »teuren Verstorbenen«, während Bai sein zweites Glas bekam.

Die kleine Jensen saß im Dunkeln an ihrem Fenster, um zu hören, wenn Bai ging.

Die kleine Jensen war in letzter Zeit viel im Pfarrhof.

»Bei Abels wollen sie offenbar nicht gestört sein«, sagte die kleine Jensen.

Fräulein Jensen war während der ersten Wochen nach dem Todesfall sehr oft zur Station gekommen.

»Eine Frau hilft, wo sie kann«, sagte sie auf der Mühle.

»Ja«, sagte die Frau des Müllers.

Fräulein Helene streckte die Beine von sich und starrte auf ihre Filzpantoffel.

»Und die liebe Katinka« – Fräulein Jensen nannte sie Katinka nach ihrem Tode – »hat ihn verwöhnt.«

Die kleine Jensen übernahm eine Art Oberaufsicht auf der Station.

»Was nützt wohl ein Mädchen?« sagte sie.

Sie kam nach der Schulzeit mit ihrem Spankorb und Bel-Ami. Bel-Ami hatte einen eigenen Korb am Ofen.

Sie ging lautlos umher und bereitete Bais Leibgerichte.

Wenn der Tisch gedeckt war, hatte sie ihren Mantel schon an. Bai bat sie, doch zu bleiben und ein Stück Butterbrot mit ihm zu essen.

»Ja, wenn Sie es lieber sehen, daß ich bleibe«, sagte die kleine Jensen.

»Es ist doch immerhin ein lebendes Wesen«, fügte sie bescheiden hinzu.

Bel-Ami kam wieder auf seinen Platz, und sie aßen.

Die kleine Jensen drängte sich nicht mit Unterhaltung auf. Sie saß da wie die stille Teilnahme, während Bai sich die Leibgerichte schmecken ließ. Er hatte allmählich seinen alten Appetit wiederbekommen.

Nach Tisch spielten sie eine einsilbige Partie Pikett.

Um zehn ging Fräulein Jensen.

»Ich war am Grabe«, sagte sie, »mit einer Blume.«

Fräulein Jensen pflegte das Grab.

Sie hörte Bel-Ami heulen, wenn sie auf dem Wege heimging. Sie nahm ihn nicht auf.

Fräulein Jensen ging in tiefe Gedanken versunken. Sie dachte daran, ihre Schule zu verkaufen.

Sie hatte sich immer besser für einen Platz geeignet, wo eine Dame mit Bildung die Stelle der Hausfrau vertrat.

Aber in den letzten zwei, drei Monaten kam Fräulein Jensen nicht mehr so oft in die Station. Sie schätzte es nicht, zu den Zudringlichen gezählt zu werden.

Frau Abel *begriff* sie ganz einfach nicht.

Abends saß sie am Fenster, um zu hören, ob sie ihn überhaupt nach Hause ließen.

»Das *Grab* pflege ich«, sagte sie auf der Mühle.

»Verteufelte Frauenzimmer, wie sie um einen herum sind.« Kiær fächelte im Büro mit seinem Hut, als wollte er Fliegen verjagen. Louise, die Älteste, war in der Tür an ihm vorbeigehuscht.

»Teufel auch, wie sie um ihn herum sind!«

Kiær mußte nach Kopenhagen und wollte Bai mitnehmen.

»Hast es wirklich verdammt nötig, alter Junge, hast es verdammt nötig ... Mußt mal andere Luft atmen ... Alter Junggeselle ... Hinaus auf die *Kegelbahn*«, sagte er.

Bai konnte sich nicht recht entschließen ... »Du – so kurz nach ...«

Aber mal andere Luft einatmen, ja, das könne er natürlich.

Acht Tage später reisten sie. Frau Abel und Louise, die Älteste, packten den Koffer.

Bai streckte sich auf dem Sitz und spannte seine Armmuskeln, als sie davonfuhren.

»Auf der Reise?« fragte der Indiskrete, den sie auf einer Station kreuzten.

»Ein Junggesellenausflug ... Zwei fröhliche junge Hähne ...« Der Indiskrete lachte und schnalzte mit der Zunge, daß es knallte.

Bai sagte: »Ja, wir wollen in die Stadt und sehen, wie die Weiber dort schwänzeln.«

Er schlug Kiær auf beide Knie und sagte wieder: »Schwänzeln – Alter ...«

Sie fuhren davon und winkten dem Indiskreten zu, der ihnen etwas nachrief.

Sie wurden plötzlich sehr lustig, brauchten Kraftworte und schlugen sich gegenseitig auf die Knie vor Vergnügen.

»So geht es wieder seinen alten Gang«, sagte Bai.

»Wozu sind wir Menschen auch da?« erwiderte Kiær.

»Alter Adam –«, entgegnete Bai.

Sie lachten und schwatzten. Kiær war sehr vergnügt.

»Jetzt kennt man dich wieder«, sagte er, »du alter Lampenputzer...

Jetzt kennt man dich.«

Bai wurde plötzlich ernst.

»Ja, alter Freund, es sind traurige Zeiten gewesen.«

Er seufzte zweimal und lehnte sich in den Sitz zurück.

Dann sagte er wieder in fröhlichem Ton: »Du – wir holen Nielsen ab.«

»Was für einen Nielsen?« fragte Kiær.

»Ein kleiner Leutnant, du, ein Kenner...

Man kennt ja nicht alle neuen Orte, Alter... Hab ihn im Pfarrhaus getroffen..., ein höllischer Kerl..., der weiß Bescheid...

Wenn's auf den Bummel geht...«

Sie begannen zu gähnen und wurden stiller. Bald schliefen beide ein und schliefen bis Frederits.

Dort tranken sie tüchtig Kognak gegen die »Nachtkälte«. Bai ging auf den Perron hinaus. Die Wagen wurden rangiert, und es war ein Geläute und ein Signalisieren, daß man sein eigenes Wort nicht hören konnte.

Bai stand unter einer Laterne mitten im Gewimmel und ließ sich stoßen. »Du, Alter«, sagte er zu Kiær und rieb sich die Hände, während er über den Perron und die Bahn hinblickte, »was sagst du dazu?«

»Das ist Leben«, sagte Kiær.

Damen stiegen auf den Wagentritten aus und ein, gerötet vom Schlaf unter ihren Reisekapuzen.

»Und diese Weiber!« sagte Bai.

Es wurde gerufen und geläutet.

»Die Passagiere nach Strib! – Die Passagiere für die Fähre ...«

Mit dem Halbelfzug kam Bai in Kopenhagen an.

Sie fanden Leutnant Nielsen im vierten Stockwerk in einem Hause in der Dannebrogsgade. Das Möblement bestand aus einem Kleiderschrank mit einer hängenden Tür, die eine einsame Uniformweste sehen ließ, und einem Rohrstuhl mit einem Waschbekken.

Der Leutnant lag auf einer Heumatratze im Bett.

»Biwak«, sagte er, »man hat ja seine Kajüten ›anderswo‹, Inspektor.«

Bai sagte, sie wollten »die Stadt sehen«.

»So bestimmte Orte«, sagte er. »Sie verstehen.«

Leutnant Nielsen *verstand*.

»Sie wollen den Markt sehen«, sagte er. »Verlassen Sie sich auf mich – ich will Ihnen den Markt zeigen.«

Er fuhr in die Hosen und fing an, nach einer

Madam Madsen zu schreien. Madam Madsen steckte mit nacktem Arm ein Stück Seife durch die Tür.

»Man lebt in der Familie«, sagte der Leutnant. Er schäumte Madam Madsens Seife an den Armen in die Höhe.

Sie verabredeten einen Ort, wo sie sich treffen wollten, um die Tanzbeine des Kasinos zu sehen. »Und dann besuchen wir den Markt«, sagte Bai.

Der Leutnant pumpte Madam Madsen um zehn Öre an und fuhr dann spornstreichs hinaus nach der »Kneipe«.

Die Kneipe war ein kleiner netter Biergarten in der Weidenallee, wo die Mitglieder der »Bande« oft zum Kegeln und Kartenspielen zusammenkamen.

Die Bande bestand aus drei Leutnants und zwei flachshaarigen Herren von der landwirtschaftlichen Hochschule.

Als Nielsen kam, waren die Herren bereits beim L'hombre, in Hemdsärmeln, die Hüte im Nacken.

»Na – Zwillinge«, sagte Nielsen, »geht's?«

»Man muß nicht nachlassen«, sagte der eine von den Flachshaarigen und zog die Schultern hoch.

»Sosolala!«, meinte einer der Leutnants.

»Sehr sosolala«, sagte der andere.

Die Bande lebte von dem Wort »Sosolala«. Man sagte es alle Viertelstunde einmal in besonderem Tonfall und mit kleinen Handbewegungen.

»Sosolala.«

»Man muß nicht nachlassen«, sagte Nielsen.

Die Bande ließ auch nicht nach, was das bayrische Bier und das schöne Geschlecht betraf.

»Ich hab ein Paar ›Spendierer‹ aufgeschnüffelt«, sagte Nielsen.

»Spendierer? – Zum Kuckuck auch – Nielsen!« Die Flachshaarigen schoben die Hüte zurück.

»Ein Paar ältere ›Spendierer‹, Zwillinge...«

Die Zwillinge klopften zu Ehren des Finders mit den Bierflaschen auf den Tisch.

Am Abend fanden sie sich in einem Tingeltangel, der »Sarg« genannt, ein, nachdem Nielsen mit Kiær und Bai »Tanzbeine« besichtigt hatte.

Nielsen holte zwei rotwangige Mädchen heran, die schwedischen Punsch mit ihnen tranken und die beiden »älteren Herren aus der Provinz« kokett auf die Finger schlugen.

Bai frischte alte Zärtlichkeitsausdrücke aus seinen Leutnantstagen auf.

Die beiden Flachshaarigen konnten nichts vertragen. Sie saßen lallend da und sagten: »Ihr alten Schweinsborsten!« und klopften Kiær und Bai auf die Schultern.

Sie tranken gemeinsam weiter.

»Geh doch, alter Stiesel!«

»Weg mit den Händen.« Bai wurde zärtlich von dem vielen Trinken.

Wie es zugegangen war, wußte Bai nicht, aber plötzlich waren die Leutnants mit den Rotwangigen verschwunden...

»Sie sind fortgeflogen«, sagte Kiær.

»Die beiden Herren sitzen so allein...«

Ein älteres Dämchen kam an ihren Tisch...

Acht Tage waren vergangen.

Kiær hatte vormittags zu tun, Bai schlief meistens.

Kiær kam nach Hause und trat ins Zimmer.

»Was, schläfst du noch?« sagte er.

»Ja, man ist weiß Gott nicht aufgelegt«, sagte Bai und rieb sich die Augen auf dem Sofa.

»Wie spät ist es?«

»Zwei.«

»Dann müssen wir fort.« Bai erhob sich vom Sofa.

»Verdammtes Plättbrett«, sagte er. Ihm taten alle Glieder weh.

Er kam in die Kleider.

Sie wollten sich Grabsteine ansehen. Bai wollte in Kopenhagen einen Grabstein für Katinka kaufen.

Er war bei drei, vier Steinmetzen gewesen und hatte sich noch nicht entschließen können.

Kiær war etwas ungeduldig, daß er mit ihm zwischen all diesen Steinen umherlaufen mußte.

»Es ist ja nett von dir, alter Freund – es ist ja *sehr* nett von dir... Aber sie liegt ebenso gut ohne Stein.«

Bai war halb gerührt, während er zwischen all diesen Kreuzen und Säulen mit Marmortauben und Engelsköpfen umherging.

Heute mußte er sich entschließen, es war der letzte Tag.

Er wählte ein großes graues Kreuz mit zwei Marmorhänden, die sich im Händedruck unter dem Schmetterling des Lebens vereinigten.

Bai stand lange vor dem Kreuz mit den beiden Händen und dem Schmetterling.

»Schöner Gedanke«, sagte er, indem er die Finger über die Augen gleiten ließ: »Glaube, Liebe, Hoffnung.«

Kiær verstand nicht immer, was Bai meinte, wenn er traurig war.

»Ja, ein netter Gedanke«, sagte er.

Abends gingen sie in das Königliche Theater.

Nach dem Theater wollten sie hinaus in die Vorstadt. »Ich bedanke mich«, sagte Kiær, »die Bänke zu wärmen und diesem Gelichter aufzulauern.«

Kiær ging nach Hause, und Bai ging allein. Die Leute sollten nicht sagen, daß er nicht bis zum Schluß ausgehalten habe.

Er betrat das Lokal, von der Bande war noch niemand da. Er setzte sich oben auf die Galerie und wartete.

»Nein, ich danke«, er wünsche nichts... »Eine Selters.«

Er saß da und schaute durch den Tabaksrauch in den Saal auf die acht Mädchen hinab, die auf der Tribüne im Kreise saßen, und auf die Zuschauer.

Bei Gott, lauter Jungen... Portokassendiebe, dachte Bai. Er saß und sah hinunter, den Kopf auf die Hand gestützt.

»Grüne Jungen«, sagte er wieder.

Unten wurde geschrien und mit den Stöcken auf den Tisch geklopft: Eine englische Tänzerin schlug mit großer Energie die Röcke über dem Kopf zusammen. Bai hatte diese Röcke jeden Abend fliegen sehen.

Und er sah fast ärgerlich auf das begeisterte Stockgeklopfe hinab. »Das lohnt noch den Skandal«, sagte er.

Er trank das Selterwasser hinunter und fuhr fort, den Saal zu betrachten: die acht Mädchen, die wie eine Reihe schläfriger Hühner auf der Stange saßen, und die Jungen, die Skandal machten, um sich einzubilden, daß es *amüsant* sei...

Er hatte fast drei Viertelstunden gewartet, und die Bande kam nicht.

Übrigens war es ihm ganz lieb, daß sie fortblieben – mit ihren »Rotwangigen«.

Eine alte »Jungfer« konnte man am Ende auch selbst noch auftreiben...

Die beiden »Landmenschen«, mit ihren »alten Schweineborsten«.

Bai sah nach der anderen Seite hinüber: Ein paar junge Herren schäkerten mit zwei jungen Mädchen; die eine war jung und frisch mit ein paar Lachgrübchen...

Der junge Mann beugte sich hinüber und stahl ihr einen Kuß unter ihrem Schleier.

Die Bande kam noch immer nicht. Bai fühlte fast

etwas wie Erbitterung, Ärger, während er immerfort diese beiden Tauben ansah, die sich schnäbelten...

Sie kamen wirklich nicht...

Na – wenn sie einen ordentlich gerupft haben...

Das Lokal begann sich zu leeren, das Parkett war nur noch spärlich besetzt, und von der Galerie verschwand Paar auf Paar über die Treppe.

Der Rauch und der Bierdunst lagen dick und schwer über den Tischen mit den verlassenen Gläsern.

Oben auf der Galerie trippelte nur noch eine ältere Dame hin und her und nickte Bai verführerisch zu.

Das Gas war bereits halb niedergeschraubt, und Bai saß noch da, den Kopf in beiden Händen, und starrte auf diesen öden und schmutzigen Saal hinab.

Er stieß einen Fluch aus, als er sich erhob.

Die ältere Dame schwänzelte an der Tür herum.

»Der Herr ist noch immer hier?« sagte sie.

»Nein – zum Teufel noch mal!«

Bai legte seine ganze Erbitterung in den Stoß, den er der älteren Dame versetzte.

»Was«, heulte die Dame, »so behandelt man eine Dame – eine Hausbesitzerin?«

Kiær lag im Bett.

»Na«, sagte er, »habt ihr euch amüsiert?«

Bai zog die Stiefel aus.

»Sie waren gar nicht da«, sagte er halblaut.

»Pack!« rief Kiær.

Bai entkleidete sich, ohne zu sprechen.

Er lag eine Weile bei brennendem Licht, dann löschte er es aus.

»Sind wir verstimmt, Alter?« fragte Kiær.

»Nein...«

»Na..., gute Nacht!«

»Aber man wird alt«, sagte Bai.

»Ja«, fuhr er langsam fort, »das ist die Sache...«

Kiær drehte sich im Bett um: »Unsinn!« sagte er.

»Aber du nimmst es zu gewaltsam, Alter...« Man muß Übung haben und es mit Ruhe nehmen...

Dann geht die Sache«, sagte er.

»Ganz *gemütlich*.«

Kiær schwieg. Gleich darauf schnarchte er, aber Bai konnte nicht einschlafen. Es war, als ob er den Bierdunst noch die halbe Nacht lang rieche, und er lag da und wälzte sich hin und her.

Am nächsten Morgen, als er seine Koffer packte, fiel Katinkas Fotografie aus zwei Taschentüchern heraus.

Frau Abel hatte sie ihm mit eingepackt.

Sie hatte sie zärtlich angeblickt und in Seidenpapier gehüllt.

»Die Teure!« hatte sie gesagt.

Louise, die Älteste, »meine Letzte«, war wütend gewesen: »Blech! – Willst du ihm nicht auch eine *Spieldose* mitgeben... daß sie ihm die ›lieben Melodien‹ vorspielt?«

Louise, »meine Letzte«, hatte die häßliche Angewohnheit, ihre Mama zu imitieren, wenn ihr etwas gegen den Strich ging.

Die Witwe hatte das Bild stillschweigend zwischen die beiden Taschentücher gelegt.

»Er soll dies Stück Heimat mitnehmen ...«

Bai nahm das Bild vom Boden auf und schaute es fortwährend mit schwimmenden Augen an.

Die Familie Abel war auf der Station, um Bai zu empfangen. Die Zimmer waren österlich rein und glänzten. Mit weißen Gardinen und frischer Luft.

Bai saß auf dem Sofa vor dem gedeckten Tisch.

»Man kehrt wieder in seine Häuslichkeit zurück«, sagte er. »Nach Hause ins Nest.«

Er aß und trank, als hätte er auf der ganzen Reise keinen Bissen gegessen.

Die Witwe Abel saß mit feuchten Augen da und sah liebevoll »unseren Heimgekehrten« an.

Er erzählte von der Reise.

»Die Theater«, sagte die Witwe, »die Saison –«

Einen Grabstein habe er gekauft ... Ein verteufelt hoher Preis ...

»Daran denkt man ja nicht«, sagte die Witwe, »der letzte Liebesbeweis.«

Ja, das habe er auch zu Kiær gesagt ..., »der letzte Liebesbeweis«, sagte Bai.

Louise, die Älteste, kam gar nicht zu Ende mit ihren kleinen Überraschungen. »Nicht gucken!« sagte sie und hielt ihm die Augen zu, während die Witwe den Deckel von der letzten Ragoutschale abhob.

»Ja, was sie alles bereitet hat«, sagte die Witwe und lächelte, »meine Älteste.«

»Haustiere sind wir doch alle«, sagte Bai. Er legte beide Hände auf den Tisch und schaute fröhlich drein, während er Siesta hielt.

Es war im Oktober. Auf dem Perron war es ganz voll zum Nachmittagszug. Die kleine Jensen und alle Lindes und die von der Mühle waren zugegen.

Die Witwe wollte abreisen, um die Wohnung für Ida, die Jüngste, einzurichten.

»Louise kommt nach«, sagte sie, indem sie ihre Letzte um den Hals faßte. »Sie ist kein Wandervogel, sie kommt erst zur Hochzeit«, sagte sie.

Die Hochzeit sollte bei »meiner Schwester, der Staatsrätin« stattfinden.

»*Dort* haben sie sich gefunden«, sagte die Witwe.

Der Zug wurde gemeldet. Bai kam mit dem Gepäckschein und dem Billett.

»Es ist meine Vorsehung gewesen«, sagte die Witwe und nickte ihm zu.

Der Zug kam über die Wiese.

»Grüßen Sie Ida«, sagte der alte Pastor, »wir denken an sie an ihrem Ehrentage.«

»Das wissen wir«, sagte die Witwe, »wir wissen, wo man gut von uns denkt.« Sie war gerührt und küßte alle.

»Ja«, sagte sie, »das ist eine Reise, um ein Kind zu verlieren.«

Der Zug war da. »Na, liebe Frau Abel«, sagte Bai, »jetzt ist es Zeit.«

»Und – meine Louise ...

Sie achten wohl auf sie ...« Bai hatte sie bereits in das Kupee hineingestopft ... »Leben Sie wohl, Frau Linde ..., leben Sie wohl ...«

Louise sprang auf das Trittbrett und küßte die Mutter ... »Noch einen«, sagte sie.

»Louise!« schrie die Witwe. Der Zug hatte sich bereits in Bewegung gesetzt.

Bai fing Louise, die Letzte, auf ...

Es wurde gewedelt und gewinkt, bis man den Zug nicht mehr sah.

Lindes gingen mit den Leuten von der Mühle heim.

Louise, die Älteste, wollte etwas in der Posttasche nachsehen und lief vor Bai ins Büro. Sie lachten drinnen, daß man es draußen auf dem Perron hören konnte.

Die kleine Jensen stand zusammengesunken an einen Pfahl gelehnt. Der Bahnarbeiter hatte die Milchkannen vom Perron geschafft und die Weiche gestellt. Und Fräulein Jensen stand noch da, allein, an ihren Pfahl gelehnt.

Lindes waren zu Hause.

Der alte Pastor saß mit Agnes in der Wohnstube, während »Mutter« nach dem Tee sah.

Es war halbdunkel. Der alte Pastor konnte Agnes kaum sehen, die am Klavier saß.

»Singe etwas«, sagte er.

Agnes ließ die Hände eine Weile langsam über die Tasten gleiten, dann sang sie mit halber Stimme – mit ihrem dunklen Alt – das Lied von Marianna:

»Unterm Rasen jetzt begraben
  arme Marianna,
wie wir sie betrauert haben,
  arme Marianna.«

Es wurde still in dem dunklen Zimmer. Der alte Pastor schlummerte ein wenig mit gefalteten Händen.

Bitte beachten Sie
die folgenden Seiten

Romane in der Ullstein Großdruck-Reihe

Barbara Noack
Geliebtes Scheusal
UB 40015
Die Zürcher Verlobung
UB 40040
Italienreise – Liebe inbegriffen
UB 40059

H. G. Wells
Die Zeitmaschine
UB 40042

Mariama Bâ
Ein so langer Brief
UB 40023

Oscar Wilde
Das Bildnis des Dorian Gray
UB 40072

Ullstein Großdruck

Vicki Baum
Menschen im Hotel
UB 40016

Horst Biernath
Achtung, Kurven!
UB 40048

Christine Brückner
Ehe die Spuren verwehen
UB 40011
Ein Frühling im Tessin
UB 40046
Die Zeit danach
UB 40073

Theodor Fontane
Effi Briest
UB 40014

Jack London
Der Wolf von Wallstreet
UB 40035

Hans Nicklisch
Einesteils der Liebe wegen
UB 40038

Literatur und Unterhaltung in Großdruck für alle, die sich das Lesen leichter machen wollen.